少年陰陽師

しょうねん　おんみょうじ

少年陰陽師 叁

鏡の檻をつき破れ

鏡子的牢籠

結城光流—著 涂愫芸—譯

重要人物介紹

兩個人和一隻怪物，偷得浮生半日閒。

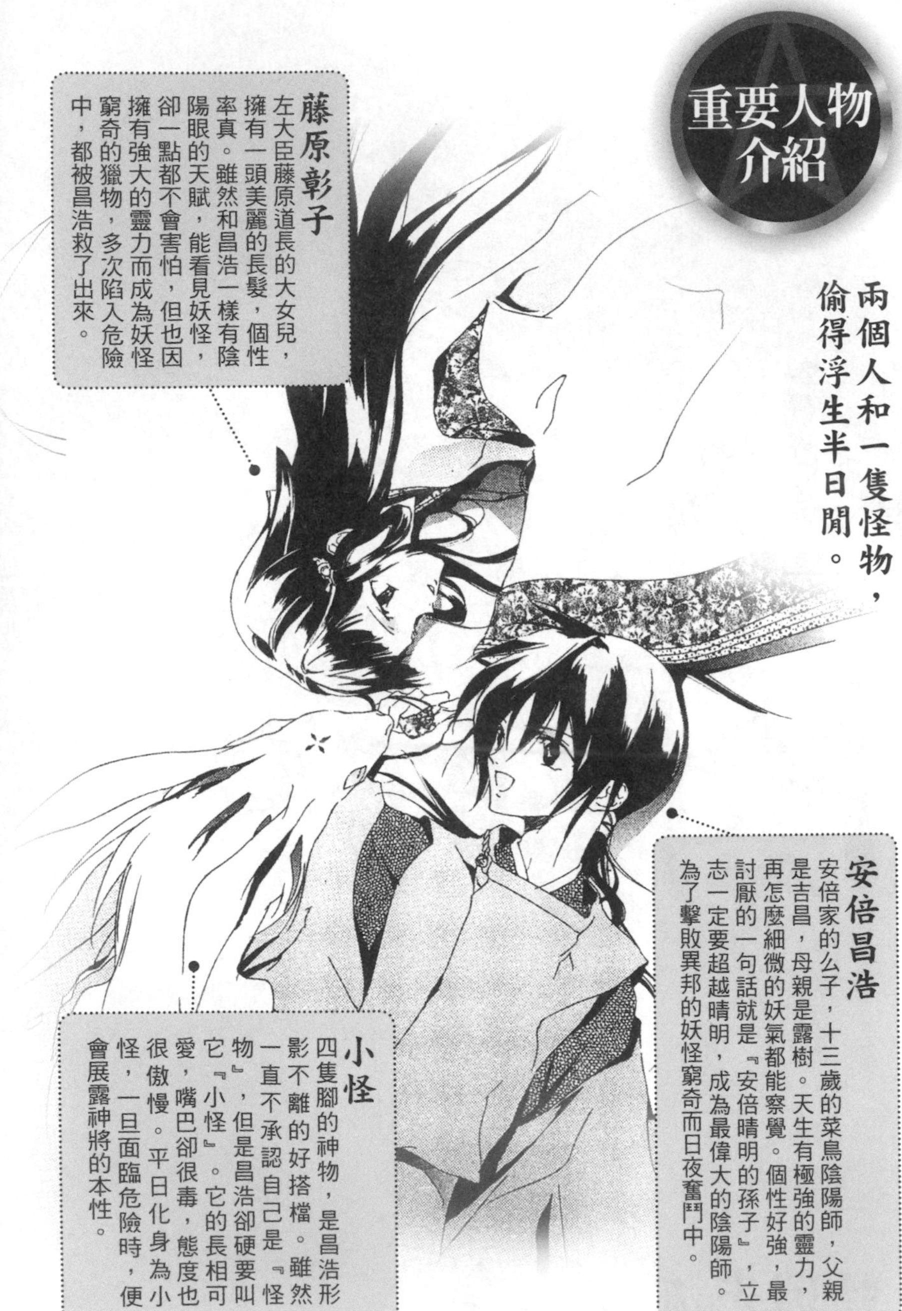

安倍昌浩

安倍家的么子，十三歲的菜鳥陰陽師，父親是吉昌，母親是露樹。天生有極強的靈力，再怎麼細微的妖氣都能察覺。個性好強，最討厭的一句話就是『安倍晴明的孫子』，立志一定要超越晴明，成為最偉大的陰陽師。為了擊敗異邦的妖怪窮奇而日夜奮鬥中。

藤原彰子

左大臣藤原道長的大女兒，擁有一頭美麗的長髮，個性率真。雖然和昌浩一樣有陰陽眼的天賦，能看見妖怪，卻一點都不會害怕，但也因擁有強大的靈力而成為妖怪窮奇的獵物，多次陷入危險中，都被昌浩救了出來。

小怪

四隻腳的神物，是昌浩形影不離的好搭檔。雖然一直不承認自己是『怪物』，但是昌浩卻硬要叫它『小怪』。它的長相可愛，嘴巴卻很毒，態度也很傲慢。平日化身為小怪，一旦面臨危險時，便會展露神將的本性。

青龍

十二神將之一的『木將』，也是晴明的式神。個性剛直、頑強，有一雙犀利的深藍色眼眸，一頭長髮隨性地綁在頸後。他視紅蓮為叛徒，兩人水火不容，處於敵對狀態。他還有另一個名字『宵藍』，但是只有晴明可以這麼喚他。

六合

十二神將之一的『木將』，經常跟在晴明身旁，沉默寡言。右眼下方有個胎記般的黑色圖騰，肩上纏著一條類似墨染的深色長布條，脖子上掛著三個大小不一的銀項圈，右手腕上則戴著寬大的銀手鍊。閒靜的臉毫無表情，但是給人沉穩和親切感。

紅蓮

十二神將之一的『火將騰蛇』。身材高大強壯，相貌精悍，頭戴金色頭箍，有一對如火焰般燃燒的金色眼睛。愈是陷入絕境時，愈能顯露出猛烈似火的本性。原是晴明的式神，現在變成小怪的模樣，跟在昌浩身旁。

安倍晴明

歷代少見的偉大陰陽師，可以使用離魂術，變成二十多歲時的模樣。他極疼愛孫子昌浩，但因為太了解昌浩不服輸的個性，因此常常故意用激將法，對孫子冷嘲熱諷。昌浩因此非常討厭晴明，叫他『老狐狸』。

平安京地圖

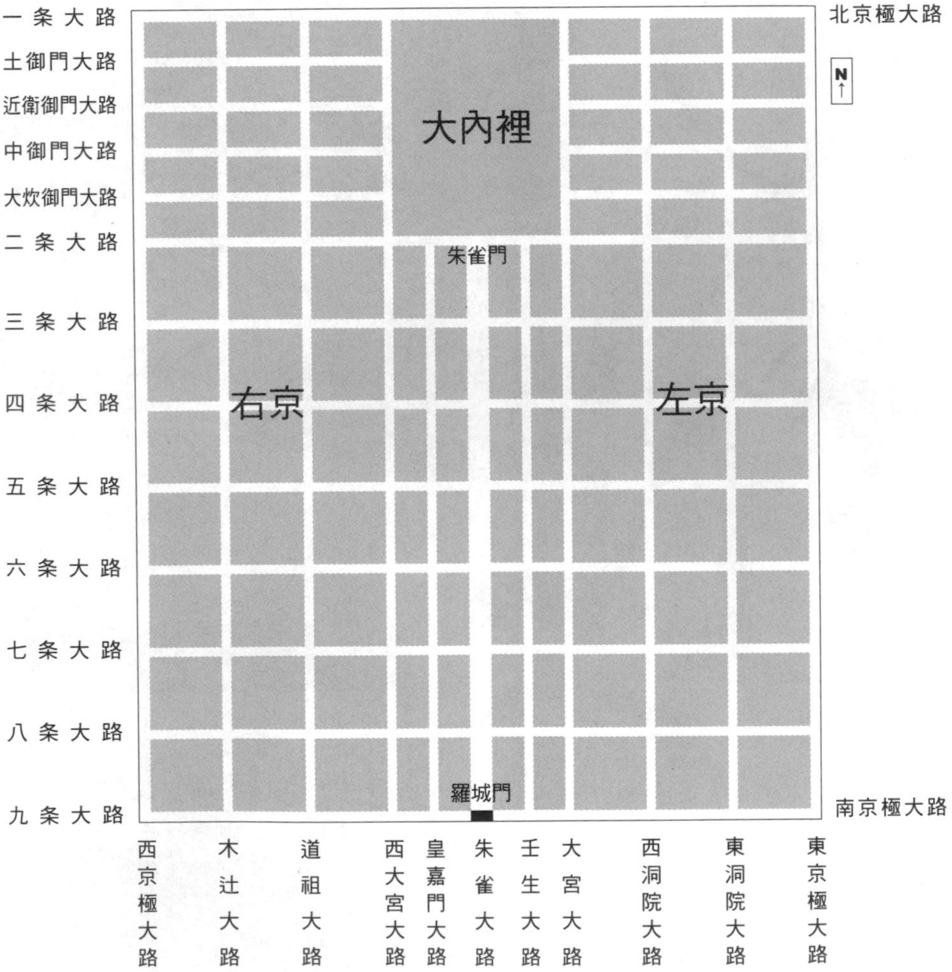

一条大路
土御門大路
近衛御門大路
中御門大路
大炊御門大路
二条大路
三条大路
四条大路
五条大路
六条大路
七条大路
八条大路
九条大路
北京極大路
南京極大路
N
大內裡
朱雀門
右京
左京
羅城門
西京極大路
木辻大路
道祖大路
西大宮大路
皇嘉門大路
朱雀大路
壬生大路
大宮大路
西洞院大路
東洞院大路
東京極大路

1

——啊……

有人說話的聲音。

——回答我啊……

好可怕、好陰森的『聲音』。

不可以聽，也不可以回應。一旦破了戒，就會被那可怕的妖怪抓走。

不可以聽，不可以回應——

藤原彰子猛地張開了眼睛。全身是汗，好冷、好煩，指尖冷得像冰一樣。

『……是什麼？』彰子撐起身子，肌膚起了雞皮疙瘩。

什麼時候了？

她居住的東北對屋，東、西、南三面都有外廊圍繞。

現在是八月中旬，昨天好像是滿月，灰藍的光線從西側竹簾照進來，所以，月亮應

該已經落下了。她從月亮的角度判斷，可能已經過了寅時。

經過幾次深呼吸後，她突然覺得右手不太對勁。她用嘎噠嘎噠顫抖的手掀開汗濕的和服袖子，有種奇妙的觸感窸窸窣窣地在她的肌膚下蠕動，從手背爬到了手腕。

她用左手按摩手背，慢慢環視室內。

好冷，為什麼這麼冷呢？儘管天氣已經涼了，可是現在還是秋天，有時中午還會出汗呢。像這樣冷到不停地發抖，太不尋常了。

彰子拿起身旁的外衣披在肩上，雙手環抱胸前。

她感到莫名的恐懼，止不住地顫抖，是她的本能在告訴她有危險。

——回答我啊……

彰子屏住了氣息。竹簾外，也就是用來保護她的驅魔結界外，有個比她至今見過的怪物都更可怕的東西——那是什麼？

彰子想出聲呼救，可是她叫不出聲來。喉嚨凍結了，她被怪物釋放出來的瘴氣吞噬，全身都變僵硬了。兩道閃耀的光芒攫住了彰子，是像冰刃般、亮晃晃的銀色光芒。

——回答我啊……

彰子拚命撇開了視線，如果回應那個『聲音』，就會發生可怕的事。

救命、救命啊……父親、晴明大人、吉昌大人——昌浩！

但是，彰子又拚命甩開了浮現腦海中的人影，心想，不行，我不能老是依賴別人。

幾天前，昌浩才受了重傷，現在也還臥病在床。昌浩會變成那樣都是她害的。如果她一開始就聽昌浩的話，就不會發生那種事了。所以她不能再依賴昌浩，她不想、也不要讓昌浩再遭遇那樣的危險。

彰子用力伸出手來，拿起枕邊的香包，緊緊握住。昌浩告訴過她，香包有除魔驅邪的效果。她雙手緊緊握著香包，衷心祈禱著：救救我，求求你，保護我。

團團圍住對屋的結界崩潰了，發出了硬物碎裂般的聲響。

——……

緊握著香包的手漸漸失去了血色，變得像白紙一般。

她究竟與那怪物對峙了多久呢？

啪啦，她又聽到了硬物碎裂般的聲音。在絕不可能闖入的結界外瞪著彰子的怪物，突然眯起眼睛，消失在黑暗中。她知道，扭曲變形的結界慢慢恢復了原形。

『……』當她確認妖氣已經完全消失時，緊繃到極限的神經瞬間放鬆，她緊握著香包，癱倒在床上。

2

秋天已過了大半，八月也快結束了，又到了黎明時只穿一件單衣會覺得冷的季節。

如弓箭般細細的月亮浮掛在東方天際。雖然被月光搶走了光彩，仍然努力展現自己的滿天星星，把夜空裝飾得繽紛燦爛。鑲嵌在天空的星星，代表著所有生命誕生時所背負的命運。在法術高超的人眼中，星星是陳述個人命運的文字。

『嗯？……』走出庭院、仰望夜空的纖瘦老人，皺起了眉頭。

天氣愈來愈涼，天空也愈來愈高，顯得更清澄了。

為了看清楚被月光遮蔽的星星，老人屏息凝視，然後若有所思地將手指按在嘴上。

每晚仰望的星星，似乎稍微移動了位置……

老人——安倍晴明掀動狩衣的下襬，走上外廊，回到自己房間，在書桌前坐下來。

『晴明，怎麼了？』

傳入晴明耳中的竊竊私語帶著詫異。沒多久，一個高而朦朧的身影出現在他背後。

茶褐色的柔順長髮，在腰際紮了起來。那張閒靜的臉毫無表情，但是給人沉穩和親切感。看著晴明的雙眸是清澈的黃褐色，右眼下方有個胎記般的黑色圖騰。肩上纏著一條類似墨染的深色布條，脖子上掛著三個大小不一的銀項圈。從肩膀披到膝蓋的長布條下的裝扮，活像寺廟裡的明王像或佛像，寬大的銀手鍊在他右手腕上搖晃著。

他就是經常跟在晴明身旁的十二神將之一——木將六合。

晴明頭也不回地說：『發生了令我疑惑的事……你先不要跟我說話。』

向來沉默寡言的六合，除非事關重大，否則不會多問，晴明卻故意說得這麼白，無非是要說給其他陪在身旁的神將聽。現在隱形的有太裳、天后和天一。

矮桌上放著陰陽師進行占卜的道具、六壬式盤，旁邊是星象圖。

神將們乾脆隱藏氣息，默默守護著晴明，納悶著究竟發生了什麼事？

一臉嚴肅地進行占卜的晴明，不久後張大了眼睛說：『怎麼會這樣？……』

小怪猛地張開了眼睛。

這裡是安倍家昌浩的房間，這個房間的主人昌浩因為前些日子受的傷還沒痊癒，很早就躺下來呼呼大睡了。

昌浩身上蓋著一件寬鬆的薄衣，壓在薄衣袖子上的小怪跳起來，悄悄推開木拉門，咻地溜了出去，那樣子就像隻貓。大小如大貓般的身體柔軟有彈性，披蓋著白色的毛。爍亮的眼睛像透明的夕陽，長長的耳朵微微往後飄揚，脖子圍繞著一圈勾玉般的突起。

應該才剛進入寅時吧，最近日出比較晚，所以，黎明差不多要到卯時。

小怪走到灰藍月光照耀的走廊，仰視夜空。天空中掛著已過下弦的月亮，還有被月光遮蔽的星星。它眨了眨眼睛，剛才似乎有某種預感閃過腦海。平常它即使睡著了，意識也不會完全消失，最深處的某個部位總是清醒的；或許那裡就是所謂『本能』的部位。

——那件事之後，已經過了將近兩個月了。那是七月初，乞巧奠的時候。

小怪微微瞇起了眼睛。

被異邦的妖影蠱惑而下了詛咒的藤原圭子，現在還臥病在床，但是聽說正慢慢好起來了。至於一時落入妖怪手中的藤原彰子，既沒有受傷也沒有病痛，所以沒什麼大問題，過得好好的，有時會寫信來關心還不能出仕的昌浩。

昌浩每次接到她的信，就會很煩惱，搖搖晃晃地爬起來練字。

他說：『沒辦法啊，她的字寫得這麼漂亮，我怎麼能用這種字回信給她呢？』

雖然還沒醜到像蚯蚓爬行，但是昌浩的字確實算不上好看。想到昌浩的心情，小怪就很同情他，幾乎要掉下淚來。

穿著白色單衣的昌浩看到小怪悄悄拭去眼角的淚水，就瞪大眼睛說：

『小怪，你竟然笑到落淚，有這麼好笑嗎？那你盡量笑吧，笑啊！』

他嘴巴說『笑啊』，神情卻像深冬裡的寒風。

小怪忍著不笑出來，刻意乾咳幾聲，用力抖動肩膀，然後一臉無辜地說：

『我哪有笑啊？』

『太假了啦！』

每天都是這麼溫馨祥和的對話，小怪就在這樣的日子中看著昌浩復元。

快八月了，最近昌浩總算可以不用在床上躺一整天了。

昌浩與異邦大妖魔窮奇手下的兩隻鳥妖做生死鬥，幸虧貴船的祭神高龗神出手相救，才保住了一條命，但他出血過多，在床上躺了半個多月。可能是彰子來看他時，他就強裝出沒事的樣子，也拖延了復元的時間。不過想想昌浩的心情，那也是無可厚非的事。

再加上，秋天下個不停的雨使氣溫驟降，所以沒什麼體力的昌浩就完全撐不住了。

他得了重感冒，長期微燒不退，劇烈咳嗽，飽受折磨。咳嗽是很耗體力的，他每天晚上都猛咳，咳到臉色發青，最近總算比較好了。

大病初癒的昌浩，沒進宮工作，也沒去京城內。他偶爾會拜託小怪去看看京城內的狀況，這期間，十二神將中的六合和天一就會跟在昌浩身旁，而且是自動自發。

晴明沒說什麼，但是，想必會笑逐顏開吧。不，何止笑逐顏開，孫子終於獲得認同，恐怕他會興奮得不知如何是好吧！晴明用扇子掩住嘴巴、垂下眼說『那就去吧，去吧』的模樣，浮現在小怪眼前。那是昌浩絕對看不到的祖父的慈祥臉龐。

小怪回頭看看昌浩房內，眨了眨眼睛，又抬頭仰望天空。

『……』它瞇起夕陽色彩的眼睛，聚精會神地看著整個夜空的星象。

雖然說是神族，但是化身為小怪時的騰蛇並非全能，要從星星的動向看出什麼來，恐怕還是優秀的陰陽師比較厲害。儘管如此，它還是具有超越凡人的敏銳感覺。

『移動了？』小怪總覺得星星的位置跟前幾天不太一樣，好像移動了那麼一點點，大概只有一根針那樣的差距。這樣的移動究竟跟什麼人、什麼事有關呢？以騰蛇的能力，還沒辦法看出細節，但是直覺告訴它——『難道跟昌浩有關？……』

這是與昌浩相關的某個人命運有了大變動的徵兆，而非昌浩本身。

忽然間，一股驚人的神氣自天而降。

『怎麼回事?!』

小怪急忙轉身衝上走廊，穿過微微敞開的拉門，直奔昌浩房內。

應該躺在床上睡覺的昌浩醒來了，擺出單腳跪著的姿態。

『——』

正要衝過去的小怪停下了腳步，昌浩確認是它後，微微瞇起了眼睛。

小怪跟他保持距離，眼露兇光，瞪著他發出低沉的嘶吼聲。

『你來做什麼？』

不發一語地回頭看著小怪的昌浩，突然牽動嘴角笑了起來，說：

『喲，一眼就看出來了啊？不愧是十二神將。』

昌浩一隻手拿著寬鬆薄衣，站了起來。溫度一天比一天低的京城夜晚，光穿一件單衣已經會覺得冷了。他披上薄衣，走到了走廊上，身上散發著藏也藏不住的磅礴神氣。

接著，他偏過頭來瞥了小怪一眼，彷彿看穿了它的心思，說：『不用擔心，神將，我說完話就會離開。以原形出現畢竟不方便，怕會引來騷動。』

小怪跟在他後面，低聲說：『真是的……他的身體還沒完全復元呢，你長話短說吧。』

昌浩迎著夜風，俯視小怪，披散的黑髮隨風飄曳。

『異邦的妖影從貴船消失了，不知逃到哪兒去了。』

小怪瞪大了眼睛，反射性地提高了聲音說：『高龗神，那怎麼可能……』

俯視著小怪的昌浩，表情和緩了下來。

『我騙你做什麼。』

昌浩——附身在昌浩身上的高龗神，緩緩仰起頭來望著天。

『很遺憾，我沒能消滅他們。』

他微微皺起了眉頭，說話的方式和語調都不像平常的昌浩。

『以人類來說，這傢伙算是很有骨氣。』

以昌浩的模樣出現的貴船祭神摸著自己的胸口，淡淡一笑，看著小怪。

『有什麼事就叫我……不過，要那個「聲音」能傳到我耳裡才行。』

『當然可以，這小子就是有這樣的能力。』

小怪說得這麼不客氣，高龗神只是微微一笑。

小怪皺起眉頭，不屑地抬頭看著高龗神，眨了眨眼睛。這個神還真大方呢！竟然做了這樣的承諾。也就是說，不管發生什麼事，只要昌浩再呼喚祂，只要那個聲音是昌浩真正的實力，祂就會出手相助。可是，小怪總覺得其中大有問題。

看到小怪充滿戒心的樣子，高龗神嘻嘻地強忍住不笑出聲來，披在肩上的薄衣輕輕晃動著。模樣明明是昌浩，卻散發出莊嚴神聖的氣息，看起來就像個成熟的大人。以

『晶瑩』來形容他清澄如白刃的眼眸，再貼切不過了。

『信不信由你，不過，我想我的判斷應該不會錯。我要說的話說完了，我走了。』

薄衣翩然滑落，昌浩的身子也同時搖晃傾斜。

一股眼睛看不見的神氣迅速飛向空中，留下驚人的清洌軌跡，消失在北方天際。

『昌浩！』小怪猛地現出原形，一個與嬌小的小怪全然不同的高大、健壯的身影，在走廊上拉長開來。紅蓮接住差點倒地的昌浩，用薄衣蓋住他變得冰冷的身體，一把抱起了他，接著回頭仰望高龗神留下的神氣軌跡，金色眼睛閃過激憤的兇光。

『他才剛復元呢！』

因為昌浩正在沉睡中，所以高龗神毫無阻礙地進入了他體內，可是即使這樣，還是會對身體造成極大的負擔。更何況，高龗神是日本前五名的貴船祭神。

『可以讓那個神附身，也很不得了呢！』

突然傳來悠然的聲音，紅蓮詫異地回過頭，看到晴明站在走廊黑暗處。

『晴明……』

老人好像什麼都知道了，嘴角浮現淡淡的笑意。紅蓮嘆了口氣。

說得也是，當代最偉大的陰陽師，怎麼可能沒發現神的降臨。

晴明看著在紅蓮懷裡的孫子，那張睡得很安穩的臉，還是跟小時候一樣天真無邪。在月光照射下，臉色顯得有些蒼白，但是呼吸很正常、很規則。

可見，高龗神為了不給昌浩造成太大的負擔，儘可能抑制了神氣。

晴明輕輕戳戳沉睡中的昌浩的臉頰，苦笑著說：『真是的……他被惹不得的傢伙看上啦！』處得好，神是很好的靠山，但是稍微惹祂不高興，就會倒楣好幾代。『真是個難纏的傢伙。』晴明嘴巴這麼說，表情卻很沉著。

秋風拂過臉頰，晴明抬頭看著月亮，紅蓮也跟著他抬頭望向天際。

——異邦的妖影從貴船消失了。

大家都以為異邦的妖怪潛藏在貴船地下深處，所以，高龗神想回去原來所在的貴船山卻回不去。昌浩也有所感覺，才會拜託小怪去京城內巡視。他要知道，異邦的妖怪會不會從貴船入侵京城？那之後它們有沒有採取什麼行動？是不是現在還待在貴船？

高龗神完全掌握了狀況，所以特地來通知他們妖魔的動向。

窮奇率領的異邦妖怪們全部從貴船消失了。

紅蓮的眼中閃過不安的神色。

『它們都到哪兒去了呢？……』

3

第二天。

『唔……身體都變僵硬了。』昌浩伸展筋骨，喃喃說著。『哇，都咔咔響了，可能要稍微動一動才行。』

『你胡說什麼！』小怪對著昌浩大吼，擋在他前面，瞪著他。『不可以突然亂動！你一直躺在床上，才剛剛好起來啊！』

可是昌浩頗不以為然，一下子挺直腰桿、一下子擺動身體、一下子左右扭動肩膀，動個不停。不久，他把頭一偏，低頭看著小怪說：『不知道為什麼，我覺得好舒服。昨天還很沉重的身子，現在輕得讓人難以相信，太奇怪了。』他把手放在肩膀上，讓脖子發出咔咔聲響，滿臉疑惑。『怎麼說呢……很像靠爺爺的法術，瞬間恢復了體力那樣。嗯……不，好像恢復得比那樣更好。』他想不通為什麼。

看到不明就裡抱頭苦思的昌浩，小怪不高興地瞥了北方天空一眼。

很好，有你的，貴船祭神……做得真漂亮。

昌浩沒發現小怪滿臉不高興的樣子，還是很陽光地說：

『我想從今天起進宮工作，現在去還來得及。』

『哦，這樣啊……你說什麼?!』差點就點了頭的小怪，瞪大了眼睛。

看到小怪這個模樣，昌浩邊伸展手臂，邊笑著說：『我不會太勉強自己的，不久前才辦過賞月宴，所以暫時應該不會有大型活動了。』

居下位的昌浩是陰陽寮的雜工。有什麼季節性活動時，他就會很忙。因為突發事故，他在床上躺了很久，所以，不會把什麼難題推給他，也不會在他剛回到工作崗位時就要他加班從早做到晚，但最好還是陰陽寮本身很閒，沒什麼事好做。

『你說什麼啊！你以為吉昌、露樹和晴明會讓你去嗎？你這個白癡！連判斷力都這麼菜啊？少年陰陽師！』

『你少乘機罵人了！』昌浩立刻頂了回去，嘟起嘴來。『我真的沒事，都恢復正常了。』他的表情嚴肅了起來。『而且還有窮奇的事要解決，我怎能一直躺在床上呢？』

昨天他站起來還會頭暈，現在那些症狀都消失了。雖然一直窩在家裡，卻覺得身體出奇地輕盈。他覺得很奇怪，可是復元了總是好事，所以就沒再想那麼多了。

雖然還沒徹底恢復，但是再過幾天，應該就可以像以前那樣到處走動了。

昌浩站起來，穿上出仕的直衣，看著鏡子把頭髮挽起來，梳成髮髻，最後再緊緊戴上烏紗帽。剛開始，他總是戴不好，會扭來扭去，可是現在戴得有模有樣了。

『好了，準備完畢。』昌浩回頭問不同意他出仕的小怪，『怎麼樣？』

小怪斜斜站著，從頭到腳打量昌浩後，沉著臉說：『還可以啦。』

高龗神趁附身在昌浩身上時，補充了他還沒復元的體力。不知道祂為什麼這麼做，不過應該是一番好意吧？

昨晚貴船祭神來過的事，昌浩本身完全沒有記憶。那個龍神不但來通知他們異邦的妖影不見了，還幫昌浩恢復了體力，未免太大方了，也難怪小怪要懷疑這背後是不是有什麼陰謀。惹惱了神，會比惹上不好的惡靈或怪物更難應付，所以最好小心一點。

『走啦，小怪！不快點會來不及。』

昌浩站在門口叫著，小怪對他點點頭，站了起來。

走到餐桌旁時，晴明正在用餐，吉昌已經出門了。

『早安。』

『早……你幹嘛穿成這樣？』晴明瞪大了眼睛。

昌浩一邊在餐桌旁坐下來，一邊回答說：『我想從今天起進宮工作。』

『這樣啊……既然你說可以，應該是可以了……不過，你的氣色還真好呢！』晴明一副難以置信的樣子。

昌浩懷疑地反問：『有嗎？我才剛痊癒呢。』

萬一看起來不像大病初癒怎麼辦？他開始往有點偏差的方向鑽牛角尖。

看到孫子坐在餐桌前，也不拿筷子，把手抱在胸前，一副很煩惱的樣子，晴明說：

『你還是快點吃吧！休了那麼長的假，總不能第一天就遲到吧。』

『啊，對哦。』昌浩在臉前合掌說，『我要開動了。』便拿起了碗和筷子。

看到昌浩大口大口吃起來，晴明悄悄問坐在他旁邊的小怪。

『你沒告訴他昨天晚上的事？』

『嗯，那小子完全沒察覺，高龗神好像把他的身體完全治好了，未免太大方了！』

昌浩用眼角餘光瞄著嘰嘰喳喳交頭接耳的晴明和小怪，很想知道他們在說什麼，可是真的沒時間了，所以他沒停下來，繼續把飯吃完。他放下碗筷時，晴明他們也說完了。

『我吃飽了。』

『嗯。』

『我又不是對爺爺說。』

『我也不是對你說啊！』晴明微微瞇起一隻眼睛，狡黠地笑著。

昌浩用半呆滯的眼睛瞥了祖父一眼後，低頭行禮，站了起來。『那麼，我走了。』

『小心走哦！』

昌浩默默向瞇著眼睛的晴明點點頭，轉身離去。

『走啦！小怪。』

『哦。』小怪這麼回答，卻還站在原地不走。

等確定昌浩走遠了，它才壓低聲音說：『看樣子，那小子今晚就會出去了。』

『我想也是。拜託你了，紅蓮。』

小怪聽得出來，晴明說得十分真誠，微微一笑說：『不用你交代。』

八月就快結束了，白天也愈來愈短了。

年老的衛士看到很久沒來皇宮的昌浩，招呼他說：

『昌浩大人，你的身體已經好了嗎？』

大概是聽說了他臥病在床的事，比吉昌大十多歲的衛士，用看著孫子的眼神望著昌浩。祖父與孫子之間的年齡差距，一般都是這樣吧，晴明算是有點太老了，以這個時代的人來說，他算相當長壽。

『託您的福，已經完全好了，讓您擔心了。』

『那就好，不過也不要太逞強哦！小心點。』

『是。』

昌浩點點頭，走向了陰陽寮。走在他旁邊的小怪，甩甩尾巴說：

『你休了一個半月呢！昌浩，你還記得工作嗎？』

『你太小看我了。』

小怪跳上半瞇起眼睛的昌浩肩上，繼續嘟嘟囔囔地說：

『如果休假期間通通忘光了，那可就麻煩啦。你要機靈點啊！晴明的孫子。』

『不要叫我孫子！』昌浩低聲駁斥，揚起了眉毛。『我的修行本來就不夠充分了，所以我躺在床上時都有複習，也看了很多書，不用擔心……』話中帶著頹喪。

小怪眨了眨眼睛，訝異地貼近昌浩的臉看著。昌浩按住它的鼻子，輕輕推開了它。

『如果我再機靈點，就會發現彰子的樣子不對，也不必讓爺爺冒那麼大的險了。而且……』昌浩停頓下來，咬著嘴唇。

『昌浩？』

『沒什麼。』昌浩瞄了小怪一眼，皺起了眉頭。

自己再不機靈點的話，脫離晴明的式神行列、跟著自己的紅蓮，將會失去立場。

十二神將的青龍看他的眼神還是像針刺一樣。他很想對青龍說，既然你這麼討厭我，眼中只有爺爺一個人，那就不要每天來看我一次啊！害我全身不自在，冒出一身冷汗。可是他又不敢說，只好一副不在乎的樣子，假裝看書或睡覺。

奇怪的是，青龍來的時候，小怪都正好不在。不，不對，很可能是青龍趁小怪外出時才來。

走向陰陽寮的路上，昌浩一邊與擦肩而過的貴族們點頭致意，一邊思索著：對了，六合跟天一也常常來，小怪不在的時候，他們一定會在。當小怪受昌浩之託去京城內巡視時，他們就會算準時間，其中一人或者兩人同時出現，在小怪回來之前，他們什麼也不做，就只是陪在他身旁。

六合在想什麼，很難從臉上看得出來，他又沉默寡言，所以跟他說話也說不了幾句。天一是無論跟她說什麼，她都只會偏頭傾聽，安靜地笑著……為什麼神將都是這個樣子呢？昌浩斜眼看著坐在肩上的小怪，深深嘆了口氣。

『幹嘛？』小怪察覺到昌浩的視線，半瞇起了眼睛。

昌浩搖搖頭說：『沒什麼。』

這時候，斜後方傳來朝氣蓬勃的聲音。

『這不是昌浩嗎？你沒事了啊？』

昌浩停下腳步回過頭，慌忙鞠躬行禮說：

『是行成大人啊，對不起，我沒注意到……』

『沒關係、沒關係，你很久沒出仕了呢！』

是右大弁兼藏人頭的藤原行成，曾經擔任昌浩的授冠人，時時刻刻都很關心他。

當昌浩受傷躺在床上時，他也常常派使者去探望。他對昌浩就是這麼好，所以昌浩下定決心，當行成有需要時，他一定會盡全力報答。

在同年齡的貴族中算是最有成就的行成，將來一定會樹立很多政敵，被捲入各種事端和陰謀中，例如詛咒或詛咒或詛咒……好討厭哦，政治太恐怖了！

就像掉入泥淖一樣，陷得愈深，心情愈是沉重。

『你完全復元了呢！看到你，我就放心了。』

『是啊，我完全復元了。』

昌浩回答後，發現行成穿的不是一般衣冠，而是輕便的直衣，露出了不解的神色。

行成注意到他的視線，低頭看看自己的裝扮，綻開笑容說：

『你在看我的裝扮啊？最近京城內發生了很多疑案，皇上命令我稟報情況。』

直接的調查或搜尋是由衛府、京職和檢非違使①負責，而他是要去現場會同調查。

『疑案？』

聽到昌浩這麼問，行成瞪大了眼睛說：

『啊，對哦，你都不知道……就是神秘失蹤的「神隱事件」。』

『神隱？』

昌浩不由得反問，行成點了點頭。京城到處都有人失蹤，包括各種職業、各種年齡的人，有在貴族家工作的雜役、神社的神主、廚房女工、賣東西的女孩、寺廟僧侶……最近甚至波及殿上人的親人、侍女，受害範圍愈來愈廣。

『發生神隱意外的人沒有一個回來，生死不明，也查不出原因。這樣下去會人心惶惶，所以皇上命令我把事情查個水落石出。』

行成還說，如果是超越人類能力的行為，就得請陰陽寮幫忙，所以屆時要拜託昌浩了。聽到他這麼講，昌浩滿臉為難地說：

『我只是個下層菜鳥小官，這種事……你應該去跟我父親或我伯父說。』

『哦，是嗎？可是我對你抱著很大的期望呢！』

行成豪爽地說，走向已經等他很久的部下們。

昌浩目送著他離去，板起臉來思考著。

『神隱』，就是人彷彿被神藏起來般莫名其妙地失蹤了，怎麼可能呢？

『小怪，今晚去貴船看看。』

『貴船已經沒有異邦的妖影啦！』

聽到小怪這麼說，昌浩瞠目結舌。『真的嗎？』

『是啊。昨天晚上你睡著時，貴船的龍神特地來通知了我們。』

『咦？……』昌浩的臉頓時變得蒼白。『騙人，我完全不知道。』

哇啊啊，祂會生我氣、會對我作祟、會懲罰我，因為祂是神，我沒注意到祂來過，祂一定很生氣！他抱著頭蹲了下來，小怪趕緊從他肩上跳下來，安撫似地揮著手說：

『哎啊，你不必這麼介意啦！』

因為貴船的龍神好像很喜歡昌浩，喜歡到不只救了他的命、幫他復元、特地來通知他們異邦妖影的事，還說可以協助他們，有必要時儘管去找祂，嚴格說來算是對昌浩很好了。小怪跟晴明討論過後，甚至決定不要把這件事告訴昌浩，怕他因此跩了起來。

昌浩猛地抬起頭，很認真地說：『祂真的沒生氣？沒罵我混帳，或是搞得烏雲密佈、雷電效果滿分來嚇人，或做些什麼有的沒有的嗎？』

『你想太多了。』

『是你自己說神會作祟啊！』

『你想太多了、想太多了，不用煩、不用煩。』小怪拍拍昌浩的肩膀，轉過身去。

『不管怎麼樣，還是去看看吧！說不定會留下什麼線索。』

昌浩嗯一聲，點點頭，站了起來。

小怪的陰陽講座

①『衛府』是負責警備的單位；『京職』是掌管京城司法、警察、民政的機關。『檢非違使』是在京城內負責取締犯罪、風化業等警察業務的官員，為原律法中沒有的新設職務。

4

到了酉時，太陽已經完全西沉，夜幕低垂。

昌浩退出皇宮後小睡了一會兒，等天色整個暗下來，便溜出了家裡。身上穿的是松葉綠的狩衣，儘可能選擇這樣的深色衣服，是為了融入黑暗中。

去貴船的事，他不敢讓父母知道，只大略向晴明報備過，但是父親吉昌好像隱約察覺到了。

『他畢竟是我老爸。』昌浩縱身躍上圍牆，以靈活的動作跳下來，一個人自言自語說著。無聲著地站起來後，小怪的白色身影也跟著跳落下來。

『喂……』小怪突然嚴肅地皺起了眉頭。

昌浩偏著頭問：『怎麼了？』

但是小怪似乎不是在叫昌浩，它夕陽般的眼睛看著昌浩背後。昌浩循著小怪的視線望過去，看到有個男人單腳跪在牆上。這個浮現在黑暗中的年輕人有著深色的長髮，肩上纏著長布條，散發出微量的神氣。年輕人掀起長布條，翩然跳下牆來。

『咦？』

昌浩斜眼看看小怪，小怪滿臉疑惑地瞪著那個年輕人說：

『六合，你來做什麼？』

『沒做什麼，我只是想如果你們要上哪兒去，我也去。』

『所以我問你跟來做什麼啊？』

六合是晴明的式神，應該在主子晴明身旁隨時待命。他卻離開了安倍家，打算跟他們一起行動，這吹的是什麼風呢？昌浩滿臉詫異。

六合一派輕鬆地回說：『我就是想來，你們不用太介意。』

怎能不介意呢？

昌浩猛搔著後腦勺，一副有話要說的樣子。六合看著他，輕輕掀起纏在肩上的長布條，忽然消失不見了。

雖然消失了，但是人就在附近。他的氣息在咫尺之間飄蕩著，似乎是打算隱身跟隨他們。昌浩有些猶豫，但是沒時間想那麼多了，他迎向暌違已久的夜風，跨出了步伐。

小怪跟在他背後跑，問：『你要怎麼做？』

『先去貴船，確認那之後變成怎麼樣了，然後再調查下落不明的人。』

在宮裡做著很久沒做的雜務時，他也豎起了耳朵，仔細聽到處都有人在談論的『神隱事件』。皇宮是傳言的寶庫，貴族們基本上都很重視消息的交換，所以只要套他們的話，他們幾乎都會說。而且這次是屬於靈異事件，所以昌浩在陰陽寮雖屬下層官員，但畢竟是『晴明的孫子』，只要他表現出關心的樣子，不用他開口，對方就會主動找上他，大半都是問他：『晴明大人有什麼看法？』

那也無所謂，真的無所謂，可是也不要見到我，衝口就說『晴明大人』嘛！我可是有名有姓，叫安倍昌浩啊——他心裡這麼嘀咕著，可是表面上裝得很沉穩，跟他們對答如流。小怪給他的評語是，他已經把宮中用的『制式問答』發揮到極致了。

據說已經有十多人失蹤，而且是突然消失，音訊全無。

昌浩緊緊抿著嘴，走向城郊。

會不會是被某種妖怪抓走了，而且已經成了食物？這些消失得無影無蹤的人們，現在還活著的可能性恐怕是零吧？窮奇那些異邦妖怪們，最喜歡的食物就是人類。

昌浩停下腳步，環顧周遭。

『嗯……』

昌浩晚上出來巡視時，一定會對自己施加暗視術，所以即使在全黑中也能看到某種程度。

坐在昌浩旁邊的小怪，把頭微微一偏問：『怎麼了？』

『嗯，我在找個東西……也許不該說是東西吧……』昌浩的視線四處游移後，嘆了一口氣。『唉，還是得叫它才行。』

他瀟灑地撩起前額的頭髮，抬起頭來，用左手大拇指和食指圍成一個圈圈，抵在嘴巴上，發出了嘹喨悠遠的聲音，破風而去，迴盪繚繞，尖銳的餘音殘留消失在天際。

小怪啞然失色看著昌浩的行動，沒多久，就聽到從某處傳來嘎啦嘎啦的車輪聲。它拍動長耳朵，回頭看著聲音來源，訝異地瞇起了眼睛，聽到昌浩開心地說：

『啊，來了、來了。』

昌浩挺直身子，伸長脖子望著遠方，沒多久，他炯炯發亮的眼睛所看的地方出現了伴著灰藍鬼火的大牛車。一看就知道是妖怪牛車，沒有牛拉著，是靠自己的力量疾馳的妖怪車，暱稱『車之輔』，是昌浩替它取的名字。

車之輔衝到昌浩面前，嘎地緊急煞住了車子。飄浮在車輪中央的大臉親切地笑了起來。昌浩滿面笑容地展開雙手，拍拍遠比自己高大的大車輪，看著車之輔的臉。

『哇，車之輔，好久不見了，你好嗎？』

車之輔嘎吱嘎吱搖晃著車體，將車軛舉起再放下。這個聽得懂人話、卻無法跟人對話的妖怪，就是這麼做來表示自己的心意。

茫然看著這副情景的小怪，用前腳拉拉昌浩的袖子，說：『喂，晴明的孫子！』

『不要叫我孫子！』昌浩反射性地吼回去，把小怪的爪子從袖子上扒開。『幹嘛啊？怪物小怪！』

『不要叫我怪物！』小怪忍不住像平常一樣頂回去，眼睛半張地抬頭看著昌浩。『你們什麼時候變得這麼好了？』

之前，昌浩和小怪曾經拜託這個車之輔載他們去貴船。從平安京到貴船山很遠，以人類的腳程，再怎麼趕都要花半天以上的時間。可是浪費那麼多時間就來不及了，一分一秒都要爭取的昌浩和小怪，就是在這個怪物的協助下，不到一個時辰就趕到了貴船。

可是，那之後昌浩就受了重傷，一直在床上躺到了今天。小怪也知道車之輔是個善良大方的好傢伙，但還不至於好到吹聲口哨就來了，他們是什麼時候培養出了這麼好的感情？

『小怪去京城巡視時，它就會來探望我。不過我們家四周都有爺爺佈下的結界，所以它只能在牆外。』

那時候正好六合在，昌浩就拜託六合把他揹到牆那裡。六合的體格跟紅蓮、青龍差不多，所以昌浩坐在六合肩上時，圍牆的高度大約到他胸口。昌浩就那樣跟車之輔比手畫腳，溝通想法，後來成了意氣相投的朋友。

『哦，這樣啊……』

小怪的眼睛都沒了神，可是昌浩沒發現，自顧自地笑了起來。

『嗯，就是這樣。』

昌浩這麼說，還回過頭去問車之輔：對吧？車之輔咚地放下車軛，代表點頭。

昌浩又繼續跟它比手畫腳說起話來。小怪看到他們那個樣子，顯得很不高興，眨了好幾次眼睛，翻著白眼，抬頭看著昌浩，大概是不滿自己完全不知情。他無意義地拍動耳朵，啪啪甩著尾巴，好像不爽到耍起性子來了。

隱身看著這副情景的六合，臉上還是沒什麼表情，但是看得興致盎然，直眨眼睛。

——這個騰蛇，還真是……

『好了，我們走吧，小怪。』大概是達成了協議，昌浩回過頭對小怪說。

『去哪兒？』

小怪斜斜站著，眼睛茫然望著遠處。昌浩一把抱起它的白色身體，繞到車之輔後面。

『它說要載我們到貴船。』

昌浩一跳上車，車之輔就往前衝了。還是坐得很不舒服，但是一想到可以縮短時間，這就不是什麼大問題了。

『哇，好痛！』

『哎喲！』

『別踩我、別踩我啊！』

『我又不是故意的……』

突然，咔嘰一聲，兩人的對話就那樣中斷了。

坐在車頂上、面向車後的六合，不管車子振動得多厲害，還是一派輕鬆自在的樣子，一隻手的手肘抵在膝蓋上，喃喃說著：『咬到舌頭啦。』

沒多久，又聽見兩人鬼吼鬼叫地吵了起來。

就這樣，點著灰藍鬼火的怪物車子，在黑夜裡像風般疾馳著。

隔著貴船川並排的兩座靈山覆蓋著清靈的神氣。

其中的貴船山，充滿了之前來時所沒有的神聖莊嚴，恢復了應有的樣貌。

昌浩他們到了圍繞靈峰貴船山的結界外，交代車之輔在外面等，便踏入了結界中。清澄的空氣冰涼沁人，好像只要來個深呼吸就會讓人振奮起來，貴船的靈力完全恢復了。異邦的妖怪們確實從這裡消失了，沒有留下任何殘餘的妖氣。

在自己昏睡期間，那些妖怪不知道又跑哪兒去了。

有神聖結界保護的靈山，涼風徐徐吹著，一片靜寂。沿著山路繼續往上走，會看到掌管貴船神社的神職人員居住的社務所，前面就是正殿。

昌浩抬頭看著聳立在藍色天空中的巨大山影，心中閃過了一陣苦澀。這裡負責祭神的禰宜和宮司都被異邦的妖影害死了，而且很長一段時間都沒有人發現這件事。那些慘遭殺害、皮膚被妖魔用來偽裝成人類的被害者，臨死前都想著什麼、看到了什麼呢？

『聽說晴明私下替他們做了鎮魂儀式。』小怪難得露出了認真的表情，喃喃說著。

昌浩點點頭說：『嗯……聽說是非常機密。』

貴船是祭拜水神『龍神』，皇上就是向祂祈雨，祈求祂保護這個國家。

既然負責祭祀的人慘遭殺害，就非向皇上報告發生了什麼事不可。

所以，安倍晴明向當今皇上和左大臣藤原道長奏明了事情經過。

他說這個國家遭到了異邦妖影的威脅，並且把前些日子寢宮發生大火後的一連串事情，都一五一十地說了出來。他早已做好心理準備，接受未及時稟報的懲罰。

但是藤原大人非常信任晴明，不但沒有懲罰他，還命他盡快解決這件事，在大家還沒察覺前除掉異邦的妖怪。

藤原道長知道自己的女兒成了異邦大妖魔覬覦的對象，但是他很鎮定地說：

『我一點都不擔心，因為有你在啊，晴明。』

只要有大陰陽師安倍晴明保護，再怎麼厲害的妖怪也傷不了彰子。昌浩聽晴明轉述藤原大人的話後，也這麼覺得。保護彰子的不是別人，正是爺爺，所以絕對沒有問題。

他這麼想著，可是轉瞬間又想：『慢著，怎麼連我都依賴起那個老狐狸了！』頓時討厭起自己來。他多麼希望早點培養出可以毅然決然說『不用擔心，有我保護彰子』的實力。想著想著，昌浩的心情不由得往下沉，打從內心發出了深深的嘆息。

就在這時候……

『嗯？』昌浩把手放在胸前，總覺得有什麼冰冷的硬物卡在心中，就是通常會卡在脖子一帶那種沉重的東西，酷似焦躁、不安、寒顫的黯然感覺，身體不尋常地冷了起來……

『昌浩，你怎麼了？』

昌浩彷彿剛從夢境中醒來般，眨了好幾下眼睛，然後低下頭來，看到小怪的白色身

影浮現在黑暗中，夕陽般清澈的眼睛正關心地看著自己。

昌浩握緊了放在胸前的手，稍微思考了一下，笑著對小怪說：

『沒什麼，只是覺得有點不對勁……』

說到這裡，他突然發現一個飄浮的灰藍色光點，停頓了下來，疑惑地看著這個一閃一滅、乘風浮游的輕柔光點。起初看不出來那是什麼，但是不久後他驚訝地發現了——

『是螢火蟲？』

恐怕是非季節性，而且是今年最後的螢火蟲。

這隻螢火蟲在樹木層層掩蓋、連月光都照不進來的黑暗中飛舞著。昌浩驚嘆地停住了腳步，腳下的小怪也看呆了。

『太稀奇了。』

『是啊。小怪，現在是幾月？』

昌浩明知現在是幾月，還是不由得想向小怪確認。小怪也是同樣的心情，啪啪眨著眼睛，老實地回他說：『八月已經結束了……現在是深秋了呢。』

『大概是因為貴船與人類世界有明顯的區隔吧。』

這個聲音沒有抑揚頓挫，很沉穩，不像紅蓮的聲音那麼低，也比青龍柔和。

昌浩循著隱形的六合的氣息，微微抬起頭來移動著視線，調整到看紅蓮的高度。六合雖然隱形了，但昌浩還是隱約知道他的眼睛位置，也知道他在看什麼。

『可是貴船還比人類世界冷呢！』

『神所在的地方就是這樣。』

『哦。』

沒錯，如假包換的龍神就是住在這座山裡，所以任何不可思議的事都可能發生。昌浩這樣說服自己，視線還是追著那隻浮游的螢火蟲，旁邊貴船川的潺潺流水聲不絕於耳。

為了救彰子、也為了救圭子，兩個月前，他曾拚了命趕來這裡。那時還有許多隻螢火蟲，現在就剩下這最後一隻了。據說貴船川是螢火蟲勝地，那個時候也是剛過了螢火蟲季節，卻還有那麼多螢火蟲，可見到了盛夏，翩翩起舞的螢火蟲應該很壯觀吧？

在黑暗中舞動的無數螢火，想必很漂亮。

『如果……』昌浩低聲的自言自語消失在風中。

小怪晃動耳朵問：『你說什麼？』

『沒、沒什麼。』

昌浩大動作地揮著手，轉身向前走向貴船神社正殿，腳步出奇地快。

『喂，等等我啊，昌浩！』

小怪在大步前進的昌浩後面追趕著。昌浩聽著它的腳步聲，覺得自己的臉頰微微熱了起來，大概是因為剛才腦海中突然閃過了彰子的身影。

都怪貴船的靈氣，是這個清澄的沁寒空氣，讓他清晰地想起了那一晚的事。

但是，他並不是想起了那一戰，而是想起螢火蟲團團飛舞一定很漂亮，如果帶彰子來看，她一定會很開心。

昌浩臥病期間，彰子經常寫信關心他，而且不到三天就寫一封。但是昌浩接到兩封才會回一封，因為他對自己的字沒什麼自信，總是猶豫著不敢寫。

『會不會很對不起她呢？』

昌浩碎碎唸著，強烈的罪惡感襲向了他。

他想應該找一天去向彰子報告痊癒的事，順便帶個禮物去看看她。

現在正好在山上，所以可以送她紅色的楓葉或樹木的果實。基本上，貴族家的千金小姐幾乎都不曾出過家門，所以她一定會很開心。看到彰子花一般的臉龐綻放笑容，開心地對他說『謝謝』，他也會很開心。

昌浩東想西想，想得入了神，所以眼睛沒看前面，走得漫不經心。突然，小怪緊張的尖叫聲刺入了他的耳中。

『喂，前面！』

『咦？』

昌浩聽到『咚』的一聲，額頭突然用力撞了一下，瞬間眼冒金星。

『唔……』

他只覺一陣天旋地轉，就那樣重重往後摔。

『昌浩！』

小怪一個箭步衝上前去，但是現身的六合比它更快一步，單手撐住了往後倒的昌浩肩膀。昌浩一屁股坐在地上，兩手壓著額頭。

『唔……啊……』眼淚這才滲了出來，頭暈眩得厲害。

小怪衝到昌浩身旁，受不了地瞪著他說：『你真沒用，走路要看前面嘛！』

『好丟臉哦……』昌浩嘶嘶吸著鼻子，抬起頭來，然後回過頭看，可是六合已經消失在黑暗中了。『謝謝。』

六合沒有回答，昌浩早料到會是這樣，喘口氣，站了起來。

他眺望被樹木掩蓋、一片漆黑的山路，若有所思似地皺起了眉頭。小怪看到他正注視著黑暗的遠方，抬起頭來問：『怎麼了？』

『嗯……我本來想走到正殿，可是……』

他交代車之輔在外面等他們，所以他們不能在這裡待太久。而且他還想再回到京裡調查神隱事件，現在差不多子時了，要節省時間才行。

『我還沒向高龗神道謝呢。』

聽到昌浩這樣喃喃自語，小怪瞪大了眼睛。昌浩瞥了它一眼，說：

『我可以逃過一劫，都要感謝這裡的高龗神吧？只是我都不記得了。但是祂救了我，我都還沒獻上供品，也還沒祭拜祂呢！』

昌浩仰望天空，摸著後腦勺喃喃說著：『因為我都在昏睡中啊。』小怪看著他，臉上流露出不知道該說什麼的神情。沒錯，最好是盡自己所能去做，就某方面來說，這麼想絕對正確，但是就另一方面來說，他也未免太沒有危機感了。

在惹不得的眾神當中，高龗神可是隨隨便便就可以進入前五名的。祂會對昌浩特別關心，只不過是因為昌浩替祂解除了咒縛，如果解除咒縛的人是晴明，那麼就算昌浩快死了，祂也只會冷冷地說：『這是他的命。』就丟下他不管了。

『把神也捲進來的命運啊，真有意思呢。』

思考中的小怪，耳中傳來六合沉穩的『聲音』，它朝什麼也看不見的空間瞥了一眼，喃喃說道：『他畢竟是晴明的繼承人啊。』

這個晴明的繼承人，隔著幾步的距離，抱著頭走在小怪前面，口中唸唸有詞。

那模樣看起來有些……不、是很不牢靠，實際上也還是個半吊子，有時還真拿他沒轍呢！

『是這樣啊。』

沒想到六合回應得這麼順口，小怪頓時啞口無言。

『你無所謂嗎？』

小怪壓低嗓門不讓昌浩聽見，向六合確認，六合卻很詫異似地反問他：

『我想既然晴明說他是繼承人，應該就是，不是嗎？』

晴明說過，昌浩是安倍晴明的繼承人，不久後將是他們十二神將的主子，所以六合想應該就是這樣。不過如果昌浩沒有這樣的才能和氣度，他大概也會有所懷疑和不滿。

但是，當昌浩把這座山的祭神高龗神從咒縛中解救出來時，六合也在場，還親眼看到昌浩一個人安撫了半狂亂的騰蛇，平息了熊熊燃燒的業火。

小怪晃晃耳朵，望向了遠方。

『這樣啊……』

小怪話中帶著暖意，六合微微瞇起眼睛，什麼也沒說。

『唔，沒辦法……』

一直抱著頭唸唸有詞的昌浩，挺直背，一本正經地面向貴船山，用力吸了一口氣說：

『高龗神，謝謝您！』

貴船神社供奉的神就是貴船山本身。昌浩在聲音的迴響中擊掌膜拜，乾澀的響聲穿過黑暗縫隙，響徹雲霄。他就這樣合掌閉目了好一會兒，然後深深一鞠躬，轉身離去。

『好了，回京裡吧。』

『還真簡單呢。』小怪半嘲諷地說。

昌浩胸有成竹地說：『沒關係，我很有誠意。』

問題不是這個吧？小怪目瞪口呆。昌浩不理他，開始跑步下山。

聽到昌浩說的謝謝，那個龍神會怎麼想呢？

小怪有些不安，抬起頭來看著高聳的靈山，心想總不會現在在這裡顯靈吧？

『小怪，我要丟下你了哦！』昌浩在白色的小怪身後叫著。

小怪輕輕嘆口氣，腳一蹬，追上了昌浩。

他們從貴船回到京城時，剛好過了丑時半刻。

據說第一個下落不明的人，是在右京的四条大路與木辻大路附近失蹤。一個在藤原一族中算下級貴族的宅邸工作的雜役，晚上出來巡視時，突然消失不見了。

車之輔疾馳到四条大路與木辻大路交叉口附近，突然緊急煞車，又像之前一樣，把昌浩和小怪從前面摔了出去。

『哇！』

撞開簾子骨碌滾下來的昌浩，一屁股跌坐在地上，壓著後腦勺強忍住疼痛。他很感謝車之輔載他們，也很感謝它跑得這麼快，可是停車時如果不能想辦法改進，難免又要撞出新的傷口了。

回來的一路上也是東跌西撞，全身上下都瘀青了。

『竟然坐車坐到瘀青，太沒面子了。』

昌浩嘀嘀咕咕地埋怨著，從車轅下面鑽出來，向載他們來到這裡的車之輔慎重致謝。基本上，昌浩從小就被父母和祖父教得很好，是個會說『謝謝』和『對不起』的孩子。自己沒有錯的時候，絕不退讓，但是錯在自己時，也會勇於承認。

『謝謝你，說不定會再拜託你載我們，到時就麻煩你了。』

昌浩笑著這麼說，車之輔也很開心地嘎噠嘎噠搖晃著車軛，然後很快消失在月光照耀的京城大街上。

右京的妖怪數量從春末時增加了不少。第一次遇到車之輔是在右京，而異邦的妖影最初也是潛藏在右京的某個角落。

『先去那家貴族宅邸，還有神主和廚房女工失蹤的神社……』

昌浩話還沒說完，幾十種聲音就同時衝著他叫：『孫子——！』

小怪反射性地用力往後跳，六合也發覺情形不對，維持隱形狀態逃到了某家宅邸的牆壁上。

就在這時候，幾十隻小妖像滂沱大雨般落在整個傻住的昌浩身上，他瞪大眼睛大叫：『哇啊啊啊——！』

昌浩被壓扁後，新來的小妖們又歡欣鼓舞地衝到他身上。

『喲，你痊癒了呢！』

『太好了、太好了！』

『我們很擔心你呢！』

『你的動作還是這麼遲鈍！』
『不、不，孫子就是要被壓扁才是孫子！』
『說得對、說得對。』
『如果沒壓扁就不好玩了。』
『就是嘛。你還好吧，孫子？』
小妖們爭先恐後地聚集過來，個個眉開眼笑，你一言我一語地說了起來。
小怪看到這樣的情景，用前腳半遮住眼睛，很不忍心似地喃喃說著：
『可憐的傢伙……』
可以說是一天一壓吧？回想起來，昌浩平常晚上出來走動時，幾乎都會被小妖們壓扁。沒有這一幕，反而好像少了什麼。
昌浩從『小妖山』下伸出來的右手開始震啊震地顫抖起來。然後，小妖山一搖晃，額頭上冒著青筋的昌浩就猛地站了起來。
『你……！』他啪哩啪哩地扒開攀在身上的小妖們，兩眼發直地瞪著小怪。『你每次都一溜煙就逃了！』
小怪滿不在乎地避開昌浩幾近殺意的眼光，吊兒郎當地說：

『很久不見了嘛，所以我想它們一定很想壓你壓個痛快。』

『那你不會自己被它們壓啊！』

『什麼？昌浩，我這麼嬌小可憐又可愛，你捨得我被那些混帳壓扁嗎？』

『誰嬌小可憐又可愛啊？應該是矮不隆咚無恥又自大吧！只是個怪物，跩什麼跩！』

『不要叫我怪物，晴明的孫子！』

『不要叫我孫子！』

看著昌浩和小怪嘰嘰歪歪地吵了起來，小妖們頗有所感地說：『對嘛，就該這樣。』

決定隔山觀虎鬥的六合，又發現了騰蛇出人意表的另一面，看得有些動容。與昌浩共同行動的小怪是火將騰蛇的偽裝模樣，本質應該還是騰蛇，但是，跟六合至今所認識的騰蛇判若兩人。

晴明說過，有生命的東西都會改變。原來如此，的確會改變。

『不過，好像變得有點太過火了。』

這麼自言自語的六合，突然覺得狀況有異，瞇起眼睛，用銳利的視線環顧四周。

同時，昌浩和小怪也察覺了，兩人頓時噤聲，回頭看著四条大路西側。

風窸窸窣窣地拂動著，一股怪異的潮濕、微溫氣息，滲入了秋天涼爽乾燥的空氣中。所有小妖們都發起抖來，一陣寒顫從腳底竄了上來。

『對了，對了……有件事要告訴你。』

一隻小妖攀在昌浩腳上，牙齒嘎嗟嘎嗟地發抖，注視著黑暗。

異狀來自西方。現在雖然有月光，但是八月已經結束，又早過了下弦月，缺了角的月亮光線微弱，隔一丈遠就是一片漆黑了。

滿天星星只是閃爍著，並沒有燦爛到可以照亮黑暗。

但是，妖怪就住在黑暗裡，它們喜歡黑暗。不管多黑，就算黑得像濃漆一樣，它們的眼睛也跟白天一樣看得清清楚楚。

神的眷族小怪和六合，也看到了從黑暗彼方逼近的身影。

只有昌浩還搞不清楚狀況，屏氣凝神地注視著黑暗。

不久，陰森的可怕瘴氣乘風而來，從腳底往上爬，緊緊纏住了他的皮膚。昌浩咕嘟地嚥了口口水，他知道有妖怪來了，而且跟他至今所見過的妖怪完全不同，是他過去從沒見過的可怕妖怪。

跟異邦的妖怪迥然不同，飄散的妖氣比較像現在纏著昌浩的小妖們。

他們聽到咻咻咻的怪異聲響，就像蛇吐出舌頭嚇唬敵人的那種聲音。

『……什麼啊？』昌浩從嘴巴發出了緊張、嘶啞的聲音，手掌心都冒出汗來了。

攀在他腿上的小妖擠出抽搐般的聲音說：

『有個很可怕、很可怕的東西，在獵殺異邦的妖影！』

昌浩會意不過來，不由得反問它：『你說什麼？』

『哎呀！』小妖焦慮地叫了起來，『我說獵殺啊！那傢伙在獵殺老追殺我們的異邦妖影啊！』

瘴氣膨脹起來，黑暗猛地爆開來了。才一眨眼，那隻妖怪就突然出現在昌浩眼前。

『什麼?!』

連小怪都大吃一驚，它是什麼時候跑出來的？

好個巨大的影子。從毛茸茸的圓滾滾身體，伸出了八隻粗大的腳，釋放出混沌沉重的瘴氣，瞪著呆呆站立的昌浩。

那雙閃閃發亮的眼睛，直盯著被小妖們包圍的少年，看起來十分空洞。

昌浩茫然地抬頭看著它。他見過這種妖怪，但是比這隻小多了，可以放在手掌心，也沒有體毛，會在樹上或屋簷下吐絲織出美麗的網，用來捕捉獵物。

不對，昌浩修正了自己的想法，有些不會結網，只會在地上爬來爬去。

『……是地蜘蛛。』

昌浩慢慢在懷裡摸索著，心臟撲通撲通直跳，全身發冷，血液倒流，一陣暈眩。

『嗡……』

他右手拿著符咒，在眼前晃啊晃地，忐忑地瞇起了眼睛。

小怪的小小身軀被深紅色閃光包圍，迸出了超強的神氣，顯露出了十二神將的本性。紅蓮輕輕舉起的右手無聲地燃起了紅色火焰，火焰向前延伸，強而有力地擺動著。

小妖們躲到昌浩和紅蓮背後，擠成一團，隔著些微距離，交互看著大蜘蛛和昌浩他們。大蜘蛛的八隻腳沙沙地爬著，大張的口中滿嘴尖牙。

『——！』

轟的一聲巨響震盪了空氣，紅蓮的火焰蛇四散，衝向了地蜘蛛。地蜘蛛發出沉重的咆哮，吐出了白色絲線，絲線上滴著綠色黏液。這些絲線一落地，就發出嗞嗞的聲音，冒起白煙。

『什麼?!』

紅蓮趕緊抱起看傻了的昌浩，縱身躍起。絲線落在剛才他們所站的地方，地面一片黏稠，嗞嗞冒起了白煙。

大蜘蛛又接二連三地撒出絲線，縱橫交錯佈滿了地面，昌浩他們很快就無處可逃了。小妖們縮成一團，不停地顫抖著。

昌浩和紅蓮落在絲線的縫隙間，那是最後的空間了。

地蜘蛛繼續吐絲，紅蓮空手將衝向昌浩的絲線拍落。嗞的一聲，紅蓮手上冒起了白煙。這是用來熔解獵物的絲線，被網住的異邦妖怪恐怕連反擊的機會都沒有就被熔掉了。

『紅蓮，讓開！』昌浩怒吼。

但是紅蓮沒走開，用後面那隻手制止昌浩，輕輕舉起了滴著黏液的右手。嗶一聲，整個裹住右手的火焰燃燒了起來。

地蜘蛛又向紅蓮吐出了絲線，紅蓮的火焰延燒開來，纏上了絲線。但是絲線從火焰鑽出來，爬上紅蓮的手。熔解皮膚的聲音刺激著耳朵，昌浩瞪大了眼睛大喊：

『紅蓮！』

當悲慘的叫聲響起時，六合採取了行動。

他從牆上瀟灑地跳下來，用右手拆下纏在肩上的長布條，掀開來用力揮舞。層層重疊的蜘蛛絲，一碰到長布條就無聲無息地掉落了。

昌浩這時候才知道，纏在六合身上的那條布有著驚人的通天力量。

六合用長布條輕而易舉地除去了佈滿地面的絲線，再纏回身上，取下了左腕上的銀手環。

『啊！……』昌浩倒抽了一口氣。

銀手環變成銀白色帶子，不斷拉長，化成了兩端附有銳利刀刃的長槍。神氣颳起了風，猛地吹動了六合的長布條。他降落在紅蓮與大蜘蛛之間，只見光彩四射的長槍刀刃一閃，便切斷了纏住紅蓮手腕的絲線。

六合確定纏住紅蓮手腕的絲線燃燒消失了，便將目標轉向了大蜘蛛。

大蜘蛛瞪著這個瞬間消滅了牢固絲網的超強年輕人，企圖嚇阻他。

『你是原本就住在這個國家的妖魔。』

六合用沒有抑揚頓挫的聲音斷言，舉起了長槍，那雙瞪著妖怪的黃褐色眼睛平靜無波。就在他將長槍對準了蜘蛛時，身子突然向後弓了起來。

『等一下！』

原來是昌浩從紅蓮背後伸出手來，抓住了長布條下襬用力拉扯。

一時失去平衡的六合回頭看著昌浩，那雙眼睛還是一樣沒什麼表情。

『幹嘛？』

『這畢竟是我復出後的第一戰，所以我想自己來。』

昌浩一臉認真地說著沒什麼危機感的台詞，六合一時呆住了，半晌才說：

『不是那種問題吧……』

他簡直無法相信昌浩會說出這種話來。

昌浩從紅蓮的身體和手臂間探出臉來，瞪著妖怪。

『就是這種問題，小妖們對我說，應該由我來收拾這隻妖怪。』昌浩停頓了一下。

『而且我還沒見過這種妖怪呢，應該是這個國家的妖怪沒錯，可是性質不一樣。』

他回過頭，向躲在背後縮成一團、不斷發抖的小妖們確認。『你們說那傢伙在獵殺異邦的妖影，是真的嗎？』

小妖們沒出聲，同時點了點頭。

大蜘蛛與昌浩他們保持一定距離，觀察似地注視著他們。有時牙齒會動一下，從牙間滴下綠色的黏液。大概是判定六合和紅蓮的神氣會傷害到自己，所以不敢輕舉妄動。

昌浩在兩人面前打出了手印，他其實是想靠自己的力量解決妖怪，但是如他自己剛才所說，這是復出後的第一戰，所以還是讓兩位神將繼續用神氣壓制妖怪。

『嗡阿比拉嗚坎夏拉庫坦！』

沒有風，昌浩身上的衣服卻掀動了起來。

『南無馬庫薩曼答波答難・迦藍坎心巴哩呀哈拉哈塔・久幾拉馬亞索瓦卡！』

然而就在這一瞬間，大蜘蛛用力揮動它的八隻腳，讓上半身飄浮起來，發出撕裂空氣般的恐怖咆哮，然後，那毛茸茸的巨大身體就突然不見了。

昌浩茫然地看著那個地方，難以相信妖怪就那樣消失了。不是逃之夭夭，是突然蒸發了。

『怎麼會這樣？』

不管問誰，都不可能有答案，紅蓮和六合也詫異地面面相覷。但是，總算暫時渡過了眼前的危機。

昌浩大大喘了一口氣，當場癱坐了下來。

那是什麼東西呢？沒想到會遇到那種來歷不明的東西，不是異邦的妖影，而是至今從未見過的，但根據六合的判斷，是原本就在這個國家的妖怪。既然以前從沒見過，應該是因為什麼原因而爬到地面上來的新敵人。

像牢籠般佈滿地面的絲線，不知道什麼時候全消失了。

變回小怪模樣的紅蓮，抬頭看著若有所思的昌浩，問：『你沒事吧？』

『嗯，只是有點虛脫。』

昌浩抬起頭來，發現六合已經隱形了，氣息還在身旁，但是人不見了。

小妖們一個個走到咳聲歎氣的昌浩腳邊，你一言我一語地說：

『這樣就癱了啊？』

『是不是體力衰退了？』

『大概是因為大病初癒吧？』

『那也太差勁了吧！』

『前途多難啊！』

『你可是我們唯一的希望呢！』

小妖們說得口沫橫飛，昌浩只是敷衍地回應它們：『是啊，是啊。』

『拜託你啦，陰陽師。』

『要好好吃飯，才能徹底復元哦！』

『知道了嗎？晴明的孫子。』

所有小妖還貼心地一起大合唱最後那個『孫』字，昌浩吊起眼睛怒吼：

『不要叫我孫子！——』

5

第二天，出仕的昌浩把雜務都處理得很好，可是總覺得心神不寧。

上面交代他寫東西，所以他在陰陽寮的一角提起了筆，但是動不動就停下筆，發起呆來。想到什麼，就突然回過神來，再慌慌張張地開始工作。一直陪在身旁看著他的小怪，快中午時刻意嘆了一口氣，說：『差不多該退出皇宮啦，昌浩。』

『嗯，說得也是。』攤開卷軸看著的昌浩，有氣無力地回答。

其實小怪知道，他正坐立不安地等著時間趕快過去。工作時，他不是確認太陽的位置，就是在報時的鐘鼓聲響起時，啊一聲抬起頭來，一副心浮氣躁的樣子。

小怪斜斜站著，抬頭看著昌浩，半瞇起了眼睛。

『早上，晴明說：「退出皇宮後，就去東三条府探望一下彰子小姐。」唉，晴明還真了解你呢！不愧是當代第一老狐狸。』

小怪自顧自地點著頭，昌浩瞪它一眼，皺起了眉頭。

『你什麼意思啊？我承認我爺爺是狐狸，可是……』

『沒什麼意思。』

小怪甩甩尾巴裝傻，昌浩撐起膝蓋，正要回它一句什麼時，正午的鐘鼓聲響起來了。他急忙收拾好桌上的書籍和卷軸，一把抓起小怪的脖子，拖著它站了起來。

『我有事先走了。』

昌浩一鞠躬後，直直轉身離去，同事們都呆若木雞地目送他離開。

早上，昌浩正要出門去皇宮工作時，晴明叫住他說：

『最近東三条府的結界好像有點鬆動，大臣大人什麼都沒說，但是我有點擔心，所以你回家前順道去看看情況。』

東三条府的結界是用來保護彰子避開那些妖怪。如果結界出現了什麼異狀，很可能是彰子成了什麼東西的攻擊目標。

昌浩離開皇宮後，直接去了東三条府。如果先回家就得繞一大圈，浪費很多時間，所以直接去是最正確的選擇。如果真有什麼異狀，還是愈早趕到愈好。

心急的昌浩不由得加快了腳步。走在他旁邊的小怪，晃著長長的耳朵說：

『說也奇怪，如果結界發生了連晴明都察覺得到的異狀，為何彰子什麼都沒說？』

昌浩咬咬嘴唇說：

『說不定發生了什麼彰子沒發現的事……』

『喂，彰子的靈力可比那些無能的陰陽師強多了，結界出現了異狀，她怎麼可能沒發現呢？』小怪甩著白色尾巴，皺起了眉頭。『不過道長什麼都沒說，應該沒發生什麼一眼就看得出來的大事吧。』

東三条府的結界是藤原道長為了保護女兒，命晴明佈設的。

藤原道長向來很注意彰子的安危，因為對貴族來說，女兒是很重要的王牌，可以用來跟其他貴族締結姻親關係，甚至可以送入後宮。

當今皇上的中宮是藤原道長的姪女定子。定子的年紀比皇上大，但是夫妻倆感情很好，定子也懷孕了，再過兩個月，就會有皇子或皇女誕生。

藤原道長目前在朝廷擁有最高權力，當今皇上只是空有王位而已，政權全掌握在藤原道長手中，唯一美中不足的地方，就是他管不到後宮。

中宮定子雖是藤原道長的姪女，但是她所生的孩子對他並沒有什麼幫助。為了更鞏固自己的權力，他必須讓跟自己血脈相連的人生下皇子。

想到這裡，小怪就想起前些日子看到的星象。與昌浩相關的某個人的命運，將有大變動——那會是誰呢？小怪不由得抬頭看著昌浩。

正趕往東三条府的昌浩直視前方，半跑半走著。從皇宮到東三条府並不是很遠，應該就快到了。

到了東三条府，昌浩一定會先停下腳步，調整呼吸，裝出滿不在乎的樣子。因為只要說是晴明派來的人，府裡的傭人就會立刻請他進去，所以，為了不讓彰子看到他急匆匆趕去的樣子，他一定要先強裝鎮定。

小怪輕輕一躍跳上昌浩的肩膀。昌浩看了它一眼，但是什麼也沒說，繼續往前走。

小怪看著昌浩認真的側臉，表情嚴肅地皺起了眉頭。

自己的觀星術並不怎麼樣，所以很可能是看錯了，還是不要告訴昌浩吧。

『如果是晴明的預測就該告訴他，我的預測就算了。』

小怪喃喃自語，輕輕嘆了一口氣。

東三条府再怎麼看都很氣派，不管來過多少次，都會被震懾住。

差不多該習慣啦！昌浩這麼告訴自己，向來門口迎接他們的雜役說明來意。

不一會兒，就看到侍女空木從裡面走出來，她是彰子的侍女，在所有傭人當中的地位應屬中上。

『昌浩大人，您今天怎麼會來呢？』

『是祖父派我來探望彰子小姐。』

『這樣啊，那麼請等一下。』

空木去通報時，其他侍女來帶他們去候客室。昌浩跟在帶路的侍女後面走著，邊仔細觀察結界的模樣。晴明佈設的防護牆依然覆蓋著這座宅邸，但強度似乎減弱了許多。昌浩心中湧出了疑問，一定發生了什麼事。唯一的可能性，就是有什麼東西盯上了靈力超強的彰子。可是，彰子怎麼沒通知他呢？

『是不是認為不會有事呢？但是就算那樣也……』

『啊，結界果然出了問題。晴明說的就是這個啊……』

在候客室嘰嘰喳喳交談的昌浩和小怪，被折回來的空木帶到了東北對屋。

覆蓋對屋的是更強韌的結界，由於現在有異邦的妖怪企圖危害彰子，為了嚇阻它們，這裡佈設的防護牆施加了驚人的超強法力。但是這個覆蓋對屋的結界，現在卻已經薄弱到隨時都可能崩潰的程度。如果力量夠強大的傢伙來襲，恐怕瞬間就會被摧毀了。

一眼就看出來的昌浩，倒抽了一口氣。

太奇怪了，彰子自己居然沒有發現這樣的狀況。

『小姐，我帶昌浩大人來了。』

帶他們來的空木對著竹簾說。在彰子應聲前，昌浩迫不及待地看著竹簾。

『讓他進來。』從對屋內傳來清澈的聲音。

昌浩莫名地鬆了一口氣，那是他熟悉的聲音，一點都沒變。

空木向昌浩一鞠躬，拉開木門請他進去。以前彰子說過『如果是昌浩就沒關係』，所以她讓昌浩一個人進去，自己退下了，不過，也可能是彰子事先交代過她什麼。

昌浩和一般人看不見但在他身旁的小怪穿過木門，進了設有布幔的對屋廂房，彰子就坐在板窗和竹簾前的蒲團上，望著東側庭院。

東側是春天的庭院，現在是秋天，所以看起來一片枯寂。

『彰子？』

昌浩不敢貿然靠近，把手放在布幔上，呆呆站著。他覺得彰子蒼白的側臉比他記憶中瘦了一些，原本就白皙的皮膚，好像也慘白得毫無血色了。

彰子緩緩轉過頭來，沉靜地微笑著說：

『好久不見了，你已經復元了嗎？』

緊張到幾乎不像自己的昌浩，看到她的笑容，整個人才放鬆了下來。

在彰子給他的蒲團坐下來後，昌浩目不轉睛地看著彰子。

『你看什麼？』

昌浩覺得微微偏著頭的彰子，臉頰似乎削瘦了一些，是自己多心了嗎？

他思量著該怎麼切入主題。坐在一旁的小怪一副深思的樣子，抬頭看著面有難色、陷入苦思中的昌浩。

『怎麼了？在額頭上擠出那麼深的皺紋，有一天會消失不了哦！』

昌浩一臉嚴肅地對帶著苦笑的彰子說：

『是不是發生了什麼事？不要敷衍我，老實告訴我。』

昌浩單刀直入的作戰計畫似乎成功了，彰子臉上頓時失去了笑容，微微張大的眼睛水汪汪地搖蕩著。她看看四周，困惑地皺起了眉，然後低下頭來，雙手緊扣。

昌浩看著她緊握的雙手，突然發現她右手背上浮現出一條紅線。雖然瞬間就消失了，但很像是用什麼尖銳的東西割開的，抽搐扭動著。

是我看錯了嗎？

昌浩對小怪使了個眼色，可是小怪好像沒看到那條紅線，一臉不解的樣子。

『你怎麼會知道發生了什麼事？』彰子無力地說。
昌浩的聲音不由得急躁了起來。
『我當然會知道啦！雖然我還在修行中，畢竟也是個陰陽師啊！』
『還在修行中的陰陽師，也算是陰陽師啦。』小怪用力點了點頭。
昌浩瞪它一眼，讓它安靜下來後，又接著說：
『結界怎麼看都減弱了，我怎麼可能沒發現呢？妳為什麼沒通知我？』
彰子低著頭，眨了好幾下眼睛，抬眼看著昌浩。
『可是如果我通知你，你一定會想做些什麼吧？』
『當然啦！』
彰子像強忍著什麼似地瞇起了眼睛，緊扣的雙手握得更緊了，變得慘白。
『這麼一來，你說不定又會受重傷啊……』她的肩膀強烈抖動著，眼看著就要哭了，但是她絕不讓自己哭出來。只是，臉部像強忍著什麼痛楚似的，扭曲變了形。『圭子的事也是，如果我沒有拜託你、如果我沒有那麼任性，你就不會受傷了！你前一陣子都還躺在床上，如果我通知你，你很可能爬都會爬來幫我，所以，我才不想告訴你！』
這些話大概在她心中憋了很久吧，像潰堤般衝瀉了出來。昌浩聽著她的話，不知道該如何回答，一逕地揮著手說：『別這樣……』

『是我害你受傷的，所以，我不想再讓你遭遇危險了！』

『妳聽我說……』

『其實我很害怕、很害怕，可是……』

『妳聽我說啊！』

昌浩大叫一聲，抓住了彰子的肩膀。彰子啊的一聲屏住氣息，眨了眨眼睛。

『聽好，不管發生什麼事，妳都要馬上通知我，不用替我擔心。我爺爺的結界沒那麼容易被摧毀，但是如果敵人太過強大，就很難說了。』

大概是被昌浩認真的眼神震住了，彰子乖乖地點了點頭。

『我會受傷是因為我還不夠成熟，所以妳不要再自責了。』

昌浩這麼說，眼神緩和了下來。

『我之前就跟妳說過了吧？既然妳不相信，一定是我說得不夠清楚。現在我正在努力學習中，還有，我的信也寫得很爛……』

彰子搖搖頭，表示不會很爛。昌浩又接著說：『放心吧，我保證，不管怎麼樣都不會再發生那樣的事了。在我學成之前，我絕不會死掉。』

昌浩這才放開了彰子的肩膀，環視覆蓋對屋的防護牆。

『減弱了很多呢……我會先補強，但最好還是請爺爺來一趟。彰子，到底發生了什麼事？』

一定是來了什麼大妖怪，而且應該不只來過一、兩次。很難想像，安倍晴明的結界會減弱到這種程度。

一直在旁邊看著兩人的小怪，發現彰子的臉頰微微泛紅。

唉，也難怪啦！昌浩這麼近距離看著她，還抓住了她的肩膀，冷靜想想，是很不得了的狀況呢！昌浩本身卻渾然不覺，既沒發現彰子的樣子不對，也沒發覺自己的心情。

小怪心想：多遲鈍的人哪！但是，昌浩還逕自觀察著結界。

彰子深呼吸一口後，開口說：

『大約半個月前，每晚都有妖怪出現。』

那個妖怪站在東側庭院，呼喚著她，用恐怖的聲音要脅她『回應』。

她的直覺告訴她，絕不能回應，一回應就會發生可怕的事。

『妖怪啊……怎麼樣的妖怪？』

『很大……被瘴氣包圍，看不清楚。不過，背上有像大鳥一樣的翅膀。』

昌浩的心臟猛地跳了起來，腦中閃過一個影子——無數妖怪跟隨的大妖魔，啪地張開了大鷲般的翅膀——不會吧？頓時他臉色發白。看著他的彰子，臉上失去了血色。

『昌浩，你怎麼了？』

昌浩感到全身血液倒流，沒有回答，只是默默搖著頭。

不到半個月，京裡已經失蹤了好幾個人。而且，不但異邦的妖影從貴船消失了，還出現了以前從未見過、最近才爬出地面的妖怪。

前些日子消滅的兩隻鳥妖，把彰子當成了絕佳獵物，要把彰子獻給它們所擁戴的可怕大妖怪當祭品。

異邦的妖怪會吃人，所以，傳聞『神隱』的失蹤者，恐怕都已經……

昌浩嚥下在嘴裡散開來的苦澀感，看著彰子。彰子還不知道異邦大妖魔想得到她這個祭品。他想，說了只會徒增她的不安，所以沒告訴她真相。

『絕不能回應，還要隨時帶著爺爺的咒具，不可離身。』

為了讓彰子安下心來，昌浩笑著說。

『放心吧，有我保護妳……就算我不行，也還有爺爺啊！不用擔心。』

昌浩猛搔著頭，彰子搖搖頭說：

『我會找你，我一定會找你，所以，你要保護我哦！』

彰子這才恢復了笑容，但可能是徹底鬆懈了下來，還是一副哭相。

『……』

完全進入兩人世界啦——像個旁觀者般這麼分析的小怪，用後腳拚命搔著脖子，還胡思亂想：唉，我成了眼中釘啦！最好不要在這裡打攪他們。

之後，昌浩請彰子把晴明給她的咒具拿出來，他一看就知道咒具的靈力也被大大削弱了。沒想到安倍晴明設下的雙重防線會被削弱到這種程度，昌浩緊握著咒具，咬住了嘴唇。

『窮奇！……』

它在哪裡呢？為了避免更多犧牲者出現，非得早點把它揪出來除掉不可。

昌浩補強被削弱的結界和咒具的法力後，侍女空木進來了。

『昌浩大人，我們老爺回來了，我向他報告說您來了，他就說稍後想見見您。』

『知道了，我馬上去。』

她說的老爺就是藤原道長，聽說自己突然來訪，一定很驚訝吧！昌浩心想，必須向他稟報，最好還是請晴明來一趟。

空木一鞠躬退下了，昌浩正要站起來時，突然想到一件事。

『對了，彰子，妳看過成群的螢火蟲嗎？』

『螢火蟲？』彰子眨著眼睛，將手指按在嘴上思考著。『我有看過抓到庭院來放的……怎麼了？』

『昨晚我去貴船探查，看到最後一隻螢火蟲在飛。貴船川是螢火蟲勝地，聽說盛夏時會有成千上萬的螢火蟲呢！』

『哦？……』大概是想像著那種情景，彰子的眼睛炯炯發亮。對很少出門的貴族小姐來說，那種情景簡直就是童話故事。『一定很壯觀，很漂亮吧！跟畫卷比起來，哪個比較漂亮呢？』

昌浩也興奮了起來，又接著說：

『今年的季節已經過了，所以我們明年去看吧！』

彰子沒想到昌浩會這麼說，微微張大了眼睛，但是很快就搖著頭說：

『不可能……貴船太遠了。』

『沒關係，可以請我之前說的妖怪車之輔載妳去。』

有彰子在，當然不能跑得太快，但是以車之輔的腳程，只要一個晚上的時間就可以

來回了。

彰子滿臉歡喜，偏著頭說：『真的？』

『嗯，明年我們一定要去看螢火蟲。』

彰子點點頭，伸出了右手小指。

『來打勾勾。』

『沒問題……到時候，我會把異邦的妖怪全剷除了。』

昌浩把後半部的台詞留在嘴裡，沒說出來，伸出自己的小指，勾住了彰子的小指。

兩人邊勾手，邊開心地笑著。看著他們的小怪，用自己的尾巴給脖子搧風，眼睛發直，喃喃說著：

『都秋天了，怎麼還這麼熱啊！』

昌浩和小怪回到家時，已經是太陽快下山的酉時了。

他原本打算更早回家，可是被藤原大人留住了。離開東三条府時，剛打過申時的七聲鼓②不久。

『啊，好累……』

昌浩把手肘靠在矮桌上，深深嘆了口氣，單腳盤地而坐，顯得有些疲憊。

『是啊，辛苦你了。』

小怪嗯嗯地點著頭，昌浩回它說是啊，便咔咔地扭起脖子來。

看來，跟宮中第一有力人士、也是這個國家頭號大人物——藤原道長一對一談話的恐怖情況，要比他想像中緊張太多了。

昌浩一副心不甘情不願的樣子說：『得把這個交給爺爺呢……』

他從懷裡拿出來的是要離開東三条府時，藤原道長大人交給他的信。

起初，藤原大人打算派人送來給晴明，可是聽說昌浩來訪，就把信順便交給了他。交給他時，藤原大人還對他說：『對了，昌浩，前些日子，你從妖怪手中救出了我女兒，我要向你致謝。』天下最偉大的左大臣毫不做作地低下了頭，差點嚇死了昌浩這個平民。

昌浩說不出話來、全身僵硬，但是坐在他旁邊的小怪，完全不把『貴族』這種地位放在眼裡，所以半瞇著雙眼，感嘆地說：

『能說「謝謝」兩個字是很重要的事呢！嗯、嗯……』

小怪頻頻點著頭，昌浩瞪它一眼，更惶恐地伏地行禮。

藤原大人還說：對了，為了表示謝意，來辦個宴會吧。這下昌浩更慌張了，拚命回說沒理由讓大人這麼做，甚至撒了個大謊言，說有個爺爺私下交代他的儀式要做，藤原大人才說那就沒辦法了，放過了他。

看到藤原大人一副很遺憾的樣子，昌浩有點難過，可是就算替他舉辦了宴會，他也還不能喝酒。

他很高興藤原大人喜歡他，也很感謝藤原大人如此關照他，可是，讓堂堂一個左大臣為區區一個陰陽寮的直丁做到那樣，他覺得擔當不起。

再怎麼說，對方都是皇宮貴族中的貴族，以地位來說，跟他之間的差距，就像天照大神跟小怪之間的差距。

藤原大人交給他的信封上，字跡強勁、豪放雄邁。

『嗯，好棒的字，真想拿來當範本。』

看到昌浩說得那麼認真，小怪嘲諷他說：

『範本再好，沒天分也不行啊！』

『是啊，書法名家已經替我蓋了大印，保證我沒天分啦。』

昌浩想起行元服禮之前的事，皺起了眉頭。啊，對了，那時候的自己完全看不見妖怪，還需要小怪的協助呢……就快陷入沒用的回憶中時，他『啊』一聲回過神來，趕緊甩了甩頭。

得把這封信交給晴明才行。

那隻老狐狸八成已經從式神那裡知道他回來了，搞不好還知道他帶了信回來。再這樣發呆下去，那隻老狐狸一定又會用各種話來挑釁他。

昌浩在心中對自己說：保持平常心、保持平常心，走向了晴明的房間。

身軀瘦弱的老人面向書桌看著書，但是昌浩一出現，他便抬起了頭。

『終於來見我了啊。你還真悠哉呢！你有東西要交給我，而且那東西還是內覽大人交付給你的，你怎麼敢這麼懈怠呢？啊，如果是分秒必爭的事，該怎麼辦呢，昌浩？』

晴明嘮嘮叨叨唸了一堆後，把扇子壓在額頭上，沮喪地嘆了口大氣。

『難得藤原大人看上你，指派任務給你，你這樣子不行哦，昌浩。』

『是、是，我都聽見了。』

昌浩不耐煩地跪在晴明面前，把藤原大人交給他的信放在桌上。

晴明用骨瘦如柴的手接過信，立刻拆開來，閱讀豪放雄邁的流暢文字，看著看著，臉上漸漸浮現淡淡的驚愕之色。但那只是很微小的表情變化，所以昌浩並沒發現，小到相處了幾十年的小怪也是很勉強才看得出來。

『啊，對了，內覽大人要您「幾天內回函」。』

晴明把視線從信上移開，用不可思議的眼神瞥了昌浩一眼，說：

『看吧，他也跟你說很急啊。』

『他說幾天內，又沒說今天之內，而且我再怎麼趕也不會差多少啊！』

昌浩抬起眼反駁，晴明像盤算著什麼似地直盯著他看，讓他渾身不舒服，匆匆站了起來。

『那麼，我走了。』

他顯然是想溜之大吉，但是晴明沒讓他得逞。

『慢著，你還沒告訴我彰子的狀況呢。』

『啊……』

默默聽著老人和孫子充滿感情的溫馨對話的小怪，用莫可奈何的表情看著昌浩，說：『喂、喂！』

張口結舌的昌浩故意乾咳一聲，再重新面向晴明，坐了下來。

『彰子本人沒什麼事，可是結界……』

來了好幾次的妖怪——恐怕是異邦大妖魔窮奇——展開了攻擊，削弱了晴明佈設的驅魔結界的力量。再這樣下去，總有一天會產生龜裂而崩潰瓦解，或是被一舉摧毀。

晴明給彰子的咒具，力量也被削弱了。以前的勾玉在用來嚇阻被兩隻鳥妖煽動的藤原圭子時裂開了，所以晴明又給了她水晶的念珠。

『半數以上的珠子都龜裂了，變得白濁。可能是承受太多次攻擊，一點一點龜裂了。』

『嗯……』

晴明面露難色，沉默了下來，用收起來的扇子抵住下顎。

光靠結界和咒具，恐怕已經阻擋不了了。

晴明曾經與異邦的妖怪交過手，一度打敗了大妖魔窮奇，但那只是因為窮奇受傷失去了力量，所以看似輕而易舉就將它擊敗了。

晴明年輕時，把《山海經》看得滾瓜爛熟，後來也偶爾會再拿出來重看，所以大部分的內容都在他腦海裡。

根據記載，位於異地的神仙與妖魔棲息處，存在著很多力量深不可測的可怕魔物。

連高龗神都找不到窮奇的行蹤，但是，京城內的人卻一個接一個發生了神隱事件。

失蹤的人沒有回來過。晴明的直覺告訴他，以窮奇為首的妖怪很可能逃離了這個世界。那麼，逃到哪兒去了？

被害人消失得無影無蹤，不留一點線索，真的就像被神藏起來了。檢非違使和京職都找紅了眼，還是找不到。

晴明接到的命令是，在完全不讓人發覺的情況下將事情圓滿解決。

『——』

老人低聲嘆了口氣。

基本上，他討厭浪費時間或太麻煩的事。好不容易成為藏人所陰陽師，可以窩在家裡不出門了，卻還是不斷有人來請教他，或被捲入麻煩中。

他想，他死去的妻子說不定正看著這樣的他，在偷笑呢。

——最後還是會被拖下水，你就別掙扎啦。

真是的，到這把年紀了還要扛起這種麻煩，是很辛苦的事。可是，年紀跟自己孫子差不多的皇上都開口說『拜託你了，晴明』，他怎麼能拒絕呢？

而且，真正需要到處跑的人，並不是晴明。

『……』

晴明瞥了面前正襟危坐的孫子一眼。注意到他視線的孫子，微微皺起了眉頭。

『怎麼了？』

『嗯……』晴明發出啪的乾澀聲響，收起了半開的扇子。『那麼，彰子的咒具怎麼樣了？』

『我先施加了新的咒力，但是那只防得了一時，最好替她準備其他咒具或神具。』

晴明點點頭表示贊同，然後看著這個最小的孫子說：

『那麼，你去準備。』

『是……咦——？』昌浩反射性地點點頭，但是立刻張大了眼睛，發出了像青蛙被踩扁的聲音。『爺爺，你在想什麼啊！』

晴明看著驚慌失措的孫子，一如往常淡淡地回他說：

『我都告訴你了啊……怎麼，你做不到嗎？』

晴明斜眼看著昌浩，喲喲兩聲，裝出了哭泣的樣子。

唔，要開始了！昌浩嚴陣以待。

『啊，怎麼會這樣呢？我費盡心力把我所知所學通通教給了你，你卻說你做不到。枉費貴船祭神高龗神同情你，救了你的命，我得把你的命還給祂，向祂道歉才行。啊，

昌浩，爺爺好難過啊，好無奈啊，痛徹心扉啊！』

『爺爺，你要殺了我？』

把命還給高龗神，意思就是要把他送去『那個世界』。平常的昌浩，在這種時候會額冒青筋、保持沉默，但是這次他有了出人意料之外的回應。

『過分、太過分了！那麼做未免太殘忍了！爺爺果然一點都不愛我，一點都不關心我，對吧？』

坐在一旁的小怪萬萬沒想到事情會變成這樣，看得目瞪口呆。

昌浩又繼續說：

『嗚……嗚……沒辦法，你那麼器重我，把所有法術毫無保留地教給了我，我卻是這副德行，還是個半吊子、不值得信賴，連怪物小怪都天天罵我。如果我這條不成熟的小命可以鎮撫龍神的心，那就把我這條小命還給祂吧！』

昌浩做作地假裝哭泣，一口氣說完後，『嗚』地用一隻手掩住了臉。

不只小怪，連晴明都看傻了眼。

『好厲害，還哭回去咧！』

小怪大為嘆服，昌浩啪地敲了它一下，從指間偷看晴明的樣子。

晴明遭到意料之外的反擊，茫然看著昌浩。看到爺爺這個樣子，昌浩在內心握緊了拳頭，大聲叫好。好耶，我贏了！

昌浩每次都被說得啞口無言，氣得牙癢癢的，所以他早下定了決心，如果爺爺再來這一招，非反擊不可。今天，他等於取得了第一次勝利。

我成功了！幹得好啊，安倍昌浩，呀呼！

昌浩感嘆得肩膀直顫抖，小怪看著他，意味深長地眨了眨眼睛，將視線投向了晴明。

起初，晴明顯得有些茫然，但是不一會兒便半垂下眼睛，萬念俱灰地說：

『這樣啊……既然你都有了這樣的覺悟，我也不再多說了。你等著，我現在就替你把高龗神請來，你把你剛才說的話一五一十地說給祂聽。』

『咦？』昌浩不禁懷疑自己的耳朵，猛地抬起頭來。

晴明用扇子前端抵住額頭，用沉穩的語調繼續說：

『你出生至今的這幾年，我不知道有多快樂呢！對了，你五歲時，我還曾經把你忘在貴船呢。』

『是忘記嗎？』

『你曾說你不要當陰陽師，我就把你送去了書法名家和雅樂名家那裡；第一次派你

去除妖時，你去了，結果嚇破了膽，被紅蓮救回來。』

『先別說這個了。』

『所有事都令人懷念呢……昌浩，下次投胎時，你要成為品德高尚、能力非凡的人，再投胎到我家來哦！』

『……』

晴明潸然淚下，一副感情澎湃的樣子。

昌浩完全無計可施，儘管拚命搜尋反駁的字眼，還是敗給了當場的氣氛。他擺出一張臭臉，小怪強壓住已經衝到喉頭的笑意，縱身一跳，用後腳站起來，拍拍他的肩膀。

對方可是有『變形怪』傳說的身經百戰的老狐狸，一個十三歲的小娃兒，再怎麼反抗也不可能贏得了。

昌浩突然聽到嘻嘻的低聲竊笑，抬起了頭。不知何時現了身的神將六合，靠在柱子上，背對著他，不停地抖動著肩膀。站在他旁邊的神將天一用衣袖遮住嘴巴，眼睛一片柔和。

昌浩耍起脾氣來，不理他們。小怪則是微微瞪大了眼睛，因為那個六合的面無表情向來跟小怪有得拚，現在竟然笑了，實在太稀奇了。

『不開玩笑了……』晴明換了一個語調，看著昌浩說：『由你準備咒具交給彰子，我來負責結界的事，這樣就可以做出比之前更堅固的防護牆吧？』

昌浩眨了眨眼睛。

『啊，原來如此。』

原來是這麼回事啊。

終於了解晴明用意的昌浩，這才感覺到一道針刺般的視線。他追著來源，發現一個修長的身影靠在木門上，刺人的視線，帶著深沉的憂鬱；那就是依然用清亮冰冷的眼睛看著昌浩的十二神將之一——青龍。

昌浩很不高興地皺起了眉頭，他就是不喜歡青龍，尤其討厭他面對紅蓮時的言行舉止。青龍眉頭微微一蹙，便不見了蹤影。

他到底來做什麼呢？

昌浩確定他的氣息完全消失後，突然想到一件事，環視室內一圈。這裡是晴明的房間，空間並不大，現在十二神將中就有四個人擠在這裡，再加上晴明和自己，還真擁擠呢。

『那麼，要用什麼咒具代替念珠……』

他話還沒說完，便發生了異狀。

某種東西碎裂四散的衝擊掠過，像從地底下竄上來般，發出了低沉轟鳴聲，接著，大地彷彿與那聲音相呼應似地震動了起來。

晴明以不像年近八十歲的敏捷動作站起來，大驚失色地衝向了庭院，昌浩和小怪也隨後趕到。

神將們緊張地追隨著主人晴明的行動。

晴明滿臉驚愕，仰望著南方天空。

『瘴氣！』

左京中央偏北的地方，從街道中間迸出了常人看不到的瘴氣漩渦。

那個地方、那個位置，還有剛才那陣地鳴，究竟是……

晴明臉色大變，轉過身說：『去東三条府！』

昌浩還搞不清楚發生了什麼事。

『為什麼？』

瘴氣漩渦的根源，就在他今天拜訪過的東三条府。

可是，儘管晴明的結界變得薄弱了，他也重新補強過了啊！

瘴氣颳起一陣溫熱的風，拍打著他變得蒼白的臉。

『不會吧，結界怎麼可能被破壞？』

小怪的聲音像銳利的刀刃劃破了風，刺向了昌浩的耳朵。昌浩『啊』一聲回過神來，背後傳來晴明的斥喝。

『你在做什麼？快走啊！』

昌浩回過頭，看到晴明已經做好了準備。他慌忙走上走廊，扯下頭上的烏紗帽、解開髮髻，用手梳理長到腰際的頭髮，然後草率地綁在脖子後面。

結界突然遭到破壞，那麼，那道防護牆所保護的人呢？

往上迸放的瘴氣和逐漸凝聚而成的妖怪氣息，從遠方傳到了這裡。

『對了，小怪！』昌浩靈機一動，慌忙搜尋小怪的白色身影，正要往前走的小怪停下腳步，回過頭來。『小怪，你先去東三条府，儘可能快點到，快！』

他說得不清不楚，想說的話一半都說不出來，但是小怪可以理解他的想法，對他點點頭後便高高跳起。

『快！』

小怪的身影無聲無息地消失在牆的另一方。

昌浩的心臟劇烈跳動，疼痛不已，他不由得揪住了心口。應該已經痊癒的心臟，下方所留下的傷痕，彷彿在控訴什麼似地隱隱作痛。

『……！』

昌浩屏氣凝神，緊緊閉上了眼睛。

求求妳！

『彰子！』

求求妳不要有事啊！

小怪的陰陽講座

②七聲鼓：根據古代法典《延喜式》記載，每兩個小時要打一次鼓，子、午時各打九下，丑、未時各打八下，寅、申時各打七下，卯、酉時各打六下，辰、戌時各打五下，巳、亥時各打四下。

6

時間回到一個時辰前。

彰子送走昌浩後，使盡全身力量大大鬆了一口氣。

沉積在心中的抑鬱頓時消失，感覺輕鬆愉快。她本來很害怕、很害怕，怕到很想大喊救救我啊，可是又怕告訴昌浩，會像上次一樣使他面臨生命危險。這麼一想，無論多害怕，她也不願意向昌浩求救。也不能通知晴明，因為通知晴明，就會傳入昌浩耳裡。

她絕對不要再看到昌浩受傷了，想到昌浩可能因為自己再發生同樣的事，她就會不寒而慄。注視著覆蓋對屋的結界，她不由得笑了起來：

『應該沒問題了。』

已經沒問題了，這是昌浩重新補強過的防護牆，咒具也是，而且還有這個呢——她從袖子裡拿出了香包，放在手心上滾動。昌浩說過，薰香有除魔驅邪的力量，所以彰子總是隨身帶著這個香包。不知道昌浩是不是也這樣。

從寢殿的動靜來看，昌浩應該還沒回家，八成是被父親拖住了。

昌浩還好，小怪應該開始覺得無聊了。

小怪是個不可思議的怪物，全身雪白，像隻大貓，不是一般的動物。真正的本性封鎖在那個外貌下，但是，彰子還沒聽說過小怪是怎麼樣的本性。

她覺得，小怪似乎擁有強大的力量，那個力量還會化為兇刃，但是跟昌浩在一起時，絕對不會顯現出來。

從寢殿傳來吱吱喳喳的聲響，是侍女的聲音，彰子眨了眨眼睛，隱約聽到她們說『請慢走』。大概是父親終於放走了昌浩。父親似乎真的很喜歡他，不過，這也是無可厚非的事，因為他救過彰子兩次。

說不定，父親還考慮將來讓他繼承晴明，成為左大臣家專屬的陰陽師呢！

——我們去看螢火蟲吧。

彰子想起昌浩說的話，笑了起來。

她是藤原一族，而且是攝關家③的千金小姐，不能說外出就外出。即使外出，也會有隨扈或侍女緊緊跟在身旁。昌浩卻邀她明年夏天的晚上去貴船，還說要讓她搭車之輔。

彰子愈想愈開心，嘻嘻笑出聲來。

『真希望夏天趕快到。』

現在秋天才剛過一半，之後還有冬天、春天，幾乎整整一年。唉，多麼遙遠啊。

『小姐。』

正幻想著明年夏天的彰子，聽到有人叫她，立刻收起了笑容。表現得太興奮，一定會被眼尖的空木看出來，如果空木逼問她，她可沒自信保守這個秘密。

這是秘密，是她和昌浩之間的重要約定，雖然小怪也在場，但是一般人看不到小怪，所以它也不會到處跟人家說。

『什麼事？』

她回應後，空木從布幔之間探出頭來說：

『老爺說有很重要的事要跟妳說，請妳去寢殿。』

『我父親？』

彰子飯也不吃，一直窩在廂房。

從寢殿回到房間後，大約已經過了半個時辰。

太陽已經西沉，夜幕覆蓋整片天空，多到幾乎刺眼的星星鑲嵌在空中。沒有月亮，因為快到新月了，所以只有將近黎明時，天上才會懸掛似弓般的一彎細月。

彰子擺在膝上的雙手緊握，失去溫度的指尖顫抖著。
她的臉色顯得特別蒼白，但並不是因為黑夜，而是隱藏了感情、凍結起來的緣故。
她眨了一下眼睛，一次又一次在心中回想父親說的話，心中的痛也一次比一次劇烈。
『……』
位居左大臣的父親對她說的那些話，還在她耳邊繚繞不去。
──我請晴明幫我算好了冬天的吉日。
彰子用顫抖的手緊握著香包，垂下了頭。心好痛，喘不過氣來。
啊，父親……
彰子緊咬嘴唇時，右手背上窸窣蠕動了一下，已經適應黑暗的眼睛，看到手背上浮現出可怕的傷痕。
『咦？……』
一股寒顫從她背脊竄過。
她聽到了聲音，那是一般人聽不見、只傳達給她的淒厲聲音……絕對不可以回應，一回應就會被吞噬。昌浩說過，有事就叫他，他一定會保護她，所以千萬不能回應。而她自己也答應過，有事就會叫他。

手背上的傷痕抽搐扭擺，好像有什麼東西在皮膚下面鑽動，就要爬出來了。

『回……答……啊……』

不行、不行，不可以聽！

彰子正要摀住耳朵時，突然覺得胸部疼痛，又沉又重。

『只要妳回答……我就讓妳……』

妖怪的聲音鑽入了耳朵裡，恐怖到了極點，卻也無比誘人。

彰子左手緊握住香包，緩緩抬起頭來。

竹簾、板窗、外廊前，大約相隔一丈半的距離，有道看不見的神聖牆壁。一個可怕的黑影，站在幾乎碰到那道神聖牆壁的地方。

那妖魔全身籠罩著瘴氣，只有閃爍著銀白色光芒的雙眸清晰可見。彰子不知道那是什麼，無從猜測那是多可怕的生物、是否天性兇殘。

但是，那妖魔所說的話……

妖魔嗤嗤笑著，雙眸爍耀，攫住彰子的身影。

受到那光芒的刺激，彰子的臉部扭曲了，像黑色岩石般的眼眸潸然淚下。

——只要妳回答，我就讓妳解脫妳所背負的宿命。

『——！』

彰子傷心地說不出話來，悲痛的聲音迴盪繚繞著，與一般人聽不見的恐怖、淒厲的咆哮聲重疊在一起。

『抓到了——！』

狂喜而顫抖的窮奇，發出震天價響的嘶吼聲，覆蓋對屋的結界大大膨脹了起來，然後從內側粉碎了。驚人的瘴氣迸出來，包圍了對屋，化成漩渦往上噴射。

窮奇的身影就那樣消失了。雖然光憑沒有實體的影子，無法抓住彰子，把她拖入它們棲息的地方。但是不久後，它手下的異邦妖怪們就會大舉入侵了。

『妳等著吧，很快就會……』

就像龍捲風來襲般，一陣溫熱的風捲繞著東北對屋，肆虐摧殘。

察覺異狀的藤原道長立刻趕到女兒房間，但是他一靠近就全身發冷，感到作嘔，連站都站不住，蹲了下來。雜役和侍女們也是這樣，隨後趕到的妻子倫子也滿臉蒼白地倒臥在外廊上。

藤原道長全身起了雞皮疙瘩，用痙攣的聲音下令：

『找晴明來，快找晴明來！快找晴明——！』

一片混亂中，彰子的貼身侍女空木滿臉蒼白地爬行著，摸進了對屋。彰子是她最重要的主子，也像是她的妹妹，所以她一心只想著，在這麼恐怖的情況中，彰子是否平安？她必須趕到彰子身旁，讓彰子安下心來。就是這樣的使命感，驅使著空木。

倒在地上的布幔架差點絆倒了她，強烈的恐懼感湧上來，她趕緊用袖子遮住了嘴。

『小姐！』

在黑暗中拚命搜尋的空木，終於發現了倒在地上的人影。

『小姐……啊！』

正要靠近彰子的她屏住氣息，整個人傻住了。幢幢黑影包圍著倒臥在地上的彰子，那團看似濃霧的黑影，漸漸膨脹了起來。四下漆黑，空木的眼睛卻看得很清楚，也看到了那團濃霧從浮現在彰子手背上的傷痕噴出來的情景。

『那……究竟是……』

空木發出了喃喃自語，當場癱坐下來。

『……』

彰子覺得全身灼熱痛苦，不斷如夢囈般喃喃唸著：對不起……

一行清淚從緊閉的眼角滑落下來。

對不起，對不起，我跟你約好了啊……

妖怪們散發出恐怖的氣息，窸窸窣窣地從土裡面爬了出來。

『找到了……』

『找到了……』

『找到她了！』

濃烈的瘴氣，對它們來說就像徐緩的涼風，吹起來很舒服。數不清的妖怪從土裡出來，爬向了對屋。它們的目標就是被瘴氣包圍的上等祭品，終於得手了。

『主人的確厲害。』

『兩三下就抓到她了。』

『人類太脆弱了……』

竊竊笑聲如波浪般蔓延開來。

藤原彰子就那樣消失在黑暗中，眼看著就要被帶去窮奇那裡了。

只要吃了彰子的肉、吸了彰子的血，窮奇的妖力就會完全復元。它需要的是擁有罕見靈力的人類軀體，不管內臟、骨頭或甚至一根頭髮，對妖魔來說都是最珍貴的食物。

爬上外廊的妖怪們嗤嗤地笑了起來，就在這一剎那，一陣白色疾風無聲地掃過，劃下火焰燃燒般的璀璨軌跡，妖怪們的頭就咚地掉下來了。

白色的小怪用前腳踢開鮮血四濺、滾落地面的頭部，全身散發著清冽的神氣。

『不准你們過來！』

白色的毛直直豎立，圍繞脖子一圈的凸起綻放著光芒。

妖怪們驚恐地往後退，它們都知道對方是什麼來頭。就是這個非人類的變形怪，用火焰把它們無數的同伴燒成了灰燼，用紅火焰戟進行殺戮。

小怪淒厲地笑著說：『喲，你們也知道怕啊？你們不過是爭權失敗，只好逃到這個國家來苟延殘喘的笨妖怪的小嘍囉！』

幾隻妖怪受不了小怪的挑釁，發出怒吼衝了過來。小怪用熊熊燃燒的紅色鬥氣瞬間砍殺了它們，然後一邊嚇阻它們，一邊用眼角餘光找到了彰子。

噴出來的瘴氣包圍著她，濃密到連呼吸都很困難。

小怪發現有個侍女倒在很接近彰子的地方，是她的貼身侍女，名叫空木。大概是太擔心主人，強撐著爬到那裡，卻筋疲力盡地虛脫了。

小怪『啐』一聲，狠狠地瞪著妖怪們，用散發出來的神氣嚇阻它們，把它們困在原地，然後很快叼起空木的衣領，把她從對屋拖出來。

擁有強大靈力的人或許沒關係，但是一般人長時間處在這樣的瘴氣中，身體一定會受影響，等會兒晴明趕到後，必須請他施加淨化術才行。

小怪把空木拖到連接寢殿的渡殿，那裡瘴氣比較稀薄，留下她一個人，立刻回到了彰子身旁。

它用身體撞開那些趁它離開時衝上外廊的妖怪們，發出尖銳的咆哮聲，夕陽色彩的眼眸在瘴氣的奔流中閃閃發亮。

『煩死人了！』

包圍著小怪全身的深紅色光芒爆裂開來，灼熱的火焰蛇瞬間攻擊了群聚的妖怪。

一般人的眼睛絕對看不到的人影，輕輕舉起右手召喚火焰，笑著說：

『下一個輪到誰啦？』

妖怪們有些退縮，但是很快達成共識，同時發動了攻擊。

紅蓮一把抓起伸長的火焰，將它們一舉殲滅。被紅色火焰砍成兩半的妖怪們，傷口不斷有紅色碎片剝落，然後燃燒起來，燒成了灰燼。

在驚濤駭浪的瘴氣中，火焰蛇搖曳晃蕩，很可能延燒到對屋。這麼判斷後，紅蓮改用自己最有自信的火焰戟。

『我說過，不准你們進來！』

他用火焰戟對準了妖怪們。

安倍晴明和昌浩到達東三条府時，已經戌時了。

他們嫌牛車太慢，從安倍家拚命跑到東三条府，一路上都沒停下來過。

昌浩還年輕也就罷了，老人晴明怎麼也能那樣跑呢？現在只能把這種瑣碎的疑問，暫時先拋在腦後了。

正要騎馬去安倍家的雜役看到他們，立刻大叫說：

『晴明大人，我正要去找您……』

『別說那麼多了，大小姐怎麼樣了？』

晴明打斷雜役的話，以聽不出是老人的活力充沛的聲音，詢問彰子的狀況。但是還年輕的雜役被晴明的氣勢嚇得發不出聲來，只是猛搖著頭。

昌浩咬住嘴唇，心想問他也問不出個所以然來，從他身旁衝了過去。

才鑽進大門，就感覺到了紅蓮的神氣。小怪展現原形，現出本性了。

昌浩鬆了一口氣，因為這樣就可以避免最嚴重的後果了。

想到這裡，昌浩心頭一震，所謂最嚴重的後果，究竟是什麼呢？是彰子被妖怪們奪走嗎？還是彰子被窮奇殺了？現在他連彰子到底怎麼樣了，都還不知道呢！

他寧可相信有紅蓮在就不會有事，可是彷彿有個石頭從心底浮現，卡在喉嚨裡，讓他喘不過氣來，心臟撲通撲通跳個不停。

晴明的結界為什麼會被摧毀呢？

今天，就在不久前，真的是沒多久前，昌浩才親手補強了結界，說會保護彰子，要彰子有事就找他來。為什麼會變成這樣呢？

『昌浩，走啦！』

昌浩回過神來，跟在晴明後面趕往對屋。途中經過的渡殿，到處都是動彈不得的侍女或蹲在地上的雜役，大概全都是吸了瘴氣。

『稍後再替他們淨化，現在先去救彰子小姐。』

昌浩點點頭，從侍女們身旁走過。

愈接近對屋，呼吸愈困難。一陣黏稠、溫熱的風纏上皮膚，侵入所有毛細孔。兩人全身起雞皮疙瘩，寒毛直豎，血液倒流，沒了血色。

穿過東對屋後，他們遇見靠在渡殿欄杆上的藤原道長。

『大臣大人！』

『晴明……你終於來了……』藤原道長已經臉色蒼白，氣若遊絲，但他還是毅然抬起頭來，以清晰的語調命令晴明：『快去救彰子！這個冬天，她進行裳著儀式後就要入宮了，絕不能讓妖孽玷污了她！……』

昌浩的心臟狂跳了起來。

小怪的陰陽講座

③『攝關』是攝政和關白的合稱。天皇年幼時，輔佐其總理政務的官員是『攝政』；天皇成年後的輔佐官員稱為『關白』。

7

藤原道長又繼續說：

『今晚在東三条府發生的靈異事件要全部抹消掉。發生在彰子身上的事一旦傳了出去，入宮必會受到阻礙。晴明，我要你盡快收服妖怪！』

他對家中所有人下了禁口令，要他們告訴鄰居發生了龍捲風。沒有人敢忤逆左大臣。

『遵命。』

晴明一鞠躬後，向背後的昌浩使了個眼色。

昌浩茫然佇立著，左大臣的話在他腦中迴響著。才剛剛聽完的話，聲音已經崩裂四散、扭曲變形，化為烏有了。

藤原道長接著轉向臉色鐵青的昌浩，破口大罵：

『昌浩，這是怎麼回事？你傍晚來訪時不是說不用擔心嗎！』

大打雷劈般的打擊，貫穿了昌浩全身。

沒錯，自己是這麼說的，晴明的結界不可能被摧毀，所以不用擔心。

晴明看著昌浩毫無血色的臉，微微皺起眉頭，對左大臣說：

『請恕我直言……』

『說吧！』

『這不是我孫子的處理不當，應該是發生了某種超越想像的事。要不然，我安倍晴明佈設的驅魔法術不會那麼輕易被破解。』

藤原道長不高興地哼了一聲，便沉默下來。晴明的話中，有來自無數傲人成就的超強自信與肯定。

『那麼，為什麼……』

『要查過才知道。昌浩，走了。』

晴明把手放在全身僵硬的孫子背上，跨出了步伐。被推著走的昌浩，擠出嘶啞的聲音說：『爺爺，真的嗎……』

晴明用力點了點頭，想讓他安心似地笑了起來說：

『爺爺從不說謊，你做得很好，不用擔心。』

昌浩的手明顯顫抖著，抓著晴明的衣服，像個年幼的孩子縮成了一團。

晴明好幾次拍拍他的背安撫他，帶著他走過渡殿，來到了東北對屋。

圍繞對屋的庭院，還殘留著殘餘的妖氣。昌浩拚命轉動僵硬的脖子觀看，發現到處都是漆黑的灰燼，被噴出來的瘴氣吹得漫天飛舞。

對屋的板窗被彈出去，掛著的竹簾掉落下來，幾個憑几、屏風全倒在地上，家具也全被吹得七零八落，好像什麼東西在對屋裡爆炸了。晴明一進廂房，便看到一個席地而坐的年輕人，旁邊躺著眼睛緊閉、動也不動一下的彰子。

『紅蓮……』

晴明才開口，昌浩已經像箭般衝了出去，衝到彰子身旁，雙膝跪地。

『彰子、彰子，妳醒醒啊，彰子！』

昌浩抱起彰子，不斷叫喊著。紅蓮默默看著他，閉上眼睛，變回了小怪的模樣。

在昌浩和晴明趕到前，他以神將的姿態陪在彰子身旁，是因為現出本性遠比小怪的模樣更能嚇阻敵人。紅蓮只要現出本性，就會釋放出莫大的神氣。

昌浩懷抱中的彰子眼皮顫動了一下，慢慢張開了眼睛。

她眼神渙散地看著半空中，發出夢囈般的嘶啞聲，嘴唇顫抖著。不久後，她認出是昌浩，驚訝地倒抽一口氣，臉部扭曲了起來。

『……！』

烏溜溜的大眼睛瞬間被淚水淹沒的她，虛弱地抓住了昌浩的臂膀。

昌浩的視線不由得落在她手上，驚訝地發現……她的手背上，那道從中指根部延伸到手腕的扭曲傷痕裂了開來，從大開的傷口不斷冒出渾濁濃黑的瘴氣。

『昌……浩……』

彰子蠕動嘴巴叫著昌浩，昌浩點點頭表示：我知道，我都聽見了。他覺得胸口灼熱，聲音卡在喉嚨裡，就要變成嗚咽的哭泣溢出來了。

彰子的手放鬆了力量，不知道是安心了，還是再也忍不住痛苦了，脖子向後仰，就那樣昏了過去，淚水從眼角撲簌簌地滑落下來。

昌浩顫抖著肩膀，低下頭說：『對不起……』

他曾說過：我會保護妳，所以有事就叫我。而今，他卻……

不管曾經如何為她祈禱，現在都已經來不及了。

那道傷痕也是。下雨那天，彰子去看他時，他就已經發現了，卻以為是自己眼花，就那樣算了。如果那時告訴晴明，說不定事情不會變成現在這樣。

『好笨哪……好笨哪！……』

已經被他殲滅的鳥妖的嘲笑，現在還在他耳邊清晰地迴盪著。

這個傷痕是咒縛；是那兩隻鳥妖為主人窮奇烙印的祭品標記；是用來把終日待在結界中備受保護的彰子，拖到它們所在地的引子。

彰子說過，有可怕的妖魔在呼喚她，一次又一次要她『回應』。

昌浩不確定發生了什麼事，但很可能是她回應了那個聲音，所以被抓到了。

一直沉默著的小怪喃喃說道：『彰子不停地重複說著呢。』

昌浩抬起頭看著小怪。小怪清澈的眼眸正注視著彰子的左手，昌浩循著它的視線望過去，看到彰子手中握著的東西，屏住了氣。

小怪瞇起眼睛說：『她不停地說對不起、對不起……我想應該是對你說吧。』

彰子失去血色的纖纖玉手，緊緊握著小小的香包。

晴明立刻佈設新的結界覆蓋對屋，再把彰子抱進房間。

昌浩和小怪留在原地，晴明正在替僕人們進行淨化儀式，驅除瘴氣的污穢。

昌浩拿走彰子左手裡的香包，取下自己脖子上的香包讓她握在右手裡，再把繩子綁在她手腕上，以防脫落。薰香有驅邪的力量，所以他這麼做，是希望多少能減輕噴出來的瘴氣帶給她的痛苦。身為陰陽師的昌浩隨身攜帶的薰香，靈力會比一般薰香高，而且他還施加了法術。

瘴氣不斷從彰子右手被烙印的傷痕噴出來，她發著高燒，翻來覆去，有時會發出慘叫聲，全身抽搐痙攣。小怪看著她這個樣子，憂慮地說：

『看來她相當痛苦，恐怕是瘴氣在她體內猖狂肆虐，帶來了令人難以想像的疼痛。』

昌浩握緊拳頭，說：『我到底該怎麼做……』

這時晴明回來了，顯得有些疲憊，但是動作依然敏捷俐落，在昌浩旁邊坐了下來。

他低下頭看著不斷呻吟的彰子，對在一旁待命的小怪說：

『紅蓮，麻煩你巡視府內，如果有餘孽就……』

『我知道，我會燒光它們。』

小怪淡淡回應後，踩著輕盈的步伐離開了對屋。有晴明在，就不需要小怪陪在昌浩身旁。而且晴明說得沒錯，很可能還潛藏著妖怪的餘孽。

濃烈的瘴氣籠罩著廣大的東三条府，猖狂肆虐，連那些妖怪的蹤影都被隱藏了。

晴明嘆口氣，默默看著彰子。

『大臣大人給我的信……』晴明對著身旁的昌浩說，昌浩顫抖了一下。『是要我幫彰子占卜裳著儀式和入宮的好日子。』

昌浩睜大的眼睛劇烈顫動著。

所謂入宮，說得白一點，就是進入當今皇上的後宮。

『當今皇上目前還沒有皇子。中宮肚子裡的孩子，也還不知道是公主還是皇子。』

『爺爺的判斷呢？』昌浩的聲音僵硬得很不自然。

晴明眨了眨眼睛，慎重地回答：『應該是皇子。』

中宮定子是藤原道長的哥哥藤原道隆的女兒，也就是藤原伊周的妹妹。道隆去世後，道長和伊周雖是叔侄，卻展開了激烈的權力鬥爭。伊周輸了，被貶了職，但是並沒有被斬草除根，妹妹定子腹中的孩子是他的王牌。

如果生下男孩，就是將來的皇帝。身為外戚的伊周就可以隨心所欲地動用權力。現在他正算計著，總有一天要把當今最高權力者藤原道長轟下台。

但是，道長也不會輕易把權力寶座讓給他，現在沒有皇子沒關係，以後讓血脈相連的女兒生一個就行了，所幸，道長有四個女兒。藤原彰子是道長的大女兒，今年十二歲，可以舉行裳著儀式了。裳著儀式是成人禮，道長好不容易才等到了這一天。這幾年來，他一直很擔心會不會在他女兒入宮前，當今皇上就有了皇子。

『大臣大人急著在中宮大人生產前，把彰子送進宮去，所以要我盡快幫他占卜。』道長要晴明占卜出最快、最好的日子，不管是哪一天，道長都會動用他的權力排除萬難，如期進行，讓彰子入宮嫁給當今皇上。

昌浩握緊了拳頭。彰子一旦入宮，就很難再出來了。在丈夫皇帝退位前，她除了生產或生病、親人發生不幸等不祥的事情外，不可能離開皇帝寢宮，也就是後宮。

小怪說，彰子一再重複說著：對不起、對不起。

忽然間，昌浩似乎知道彰子為什麼道歉了，不是為了沒叫他來，而是——

『恐怕冬天一到，大臣就會替彰子小姐舉辦裳著儀式了。』

昌浩恍惚地聽著晴明的話。晴明強裝鎮定，繼續說：

『所以，必須盡快找出異邦的妖影，解除它們施加在彰子小姐身上的瘴氣咒縛。她所受的苦，遠遠超過我們所能想像的。』

她那纖弱的身體能忍受到什麼程度呢？就算能忍，她畢竟是即將舉辦裳著儀式和入宮的人，無論如何，都必須先除去她身上的這些苦痛。

『所以我打算用我這個軀體當替身，將她的痛苦全部轉移過來，不過，這樣還是無法除去瘴氣。』這種狀態就像體內留有劇毒，即使不會疼痛，也會像疾病般折磨著她。

儘管如此，還是比什麼都不做來得好。『然後在裳著儀式前……最晚也要在入宮前，殲滅異邦的妖影。』這樣才能讓彰子徹底解脫咒縛的痛苦。

晴明嘆口氣，用難以形容的眼神，看著一動也不動地注視著少女的小孫子昌浩。這個雖擁有驚人能力、但還不成熟的孩子，可以擊破禁錮貴船祭神高龗神的可怕咒縛，解放貴船全靈，全是因為彰子的存在。

昌浩為了救彰子，激發出了體內的力量。是他的死心眼喚醒了原本還在沉睡中的能力。但是他自己並沒有發現，那個力量之大，可以獨自鎮壓十二神將中最強的火將騰蛇失控後的煉獄。

晴明把視線轉向彰子。前幾天他觀察星星時，發現星象變了，顯示命運將有所改變。

沉默不語的昌浩，緩緩抬起頭來看著晴明。

『爺爺……』他出奇地沉著，用彷彿放棄了什麼似的憂鬱眼神看著晴明，讓晴明心頭為之一震。然後，用沒有抑揚頓挫的語調說：『有件事，我想拜託您……』

巡視過廣大的東三条府，確定沒有異狀後，小怪繞一圈，回到了東北對屋。

『嘿咻！』

就在它縱身跳上外廊時，昌浩從對屋出來了。

小怪眨了眨眼睛，發現昌浩的步伐不太對勁，好像搖搖晃晃，沒什麼勁。

『昌浩？』

小怪驚訝地叫住昌浩時，他正靠著渡殿的柱子，身體慢慢地往下滑落。

小怪趕緊衝上前去。

『喂，你怎麼了！』

昌浩看著衝過來的小怪，一臉蒼白地笑了起來。

『啊，小怪。』

『啊什麼啊……你怎麼了？』

小怪覺得事有蹊蹺，表情嚴肅了起來。昌浩靠著柱子坐下來，撐起一隻腳用雙手抱住，把額頭抵在膝蓋上，露出了笑容，靜靜地說：『彰子……冬天就要入宮了……』

『什麼？入宮？』小怪張大了夕陽般的眼睛。

昌浩表現得過於開朗，接著說：『是啊，冬天一到，她就要舉行裳著儀式，然後入宮……儘管我們曾經有過約定……』

小怪聽到他充滿感傷的語調，甩甩耳朵，不知道該怎麼回答才好，悄悄看著昌浩的臉。昌浩把頭抵在膝蓋上，嘴巴笑得扭曲變形，眼中卻是淚光閃爍。

——我們去看螢火蟲吧。

幾個小時前，他們才這麼說，彼此勾了手指，約好明年夏天一起去貴船看螢火蟲。

昌浩心想，只要請車之輔載他們就沒問題了。螢火蟲很漂亮，彰子看了會很開心……

突然，昌浩抬起頭來瞪著天花板。小怪猜想，他抬起頭來，可能是因為不這麼做，積在眼角的東西就會溢出來。但是它沒說出口，只是默默這麼想。

昌浩盯著天花板，說：『小怪，我們去找窮奇吧。』

他依然盯著天花板，嘶啞的聲音沒有抑揚頓挫。雖然他極力裝出平靜的樣子，但是從他的話中，可以隱約感覺到他的心痛。這個還很稚嫩的孩子，終於發現了在自己內心滋長的情感，卻在發現的同時，一切也都結束了。

小怪看著對屋，想起前幾天看星象時，發現有個命運改變了。那是與昌浩相關的人的命運，而且是大大改變了，莫非就是這個……小怪甩甩頭，刻意用開朗的聲音說：

『好啊，非把躲起來的異邦妖怪揪出來殺了不可！』

昌浩點點頭說『嗯』，無奈地瞇起了眼睛。

他終於切身感覺到，彰子的的確確是左右這個國家的左大臣家的千金小姐。

8

第二天，一個決議席捲了宮中。

『入宮……』

左大臣內覽藤原道長的長女彰子即將入宮。大概是打通了各個環節，沒有任何人提出異議。早朝結束後，殿上人都把政務拋在一旁，熱烈討論這件事。

『左大臣的女兒終於要入宮了。』

『十二歲了啊，聽說雖然還有些稚氣，可是長得很漂亮呢！』

『這麼一來，大臣大人等於掌握了後宮。』

有人壓低嗓門，用扇子遮著嘴這麼說。

『那麼，中宮大人的孩子……』

噓！有人慌慌張張地制止了這個人繼續說下去。

中宮定子是道長的姪女，也就是彰子的堂姐。但是血緣關係再深，道長也絕不可能把帝位拱手讓給姪女的兒子。

『中宮也出過家，不能對她抱太大的期望。』

藤原伊周失勢時，定子曾感嘆人生無常，剪掉一頭茂密的黑髮出家。現在算是還俗了，但是已經不能以皇帝后妃的身分祭神了。

殿上人就此結束議論，各自回到了工作崗位。

這時候，藤原行成正在一条院，他負責重建大半已被燒毀的皇帝寢宮。

彰子入宮這件事，藤原道長很久以前就跟他提過了，但是一旦成定局，還是令人備感興奮。那個年幼的女孩終於要入宮了。裳著儀式結束後，只有她的雙親、侍女，還有將來的皇帝丈夫，可以直接見到她了。

行成去向皇上稟報過重建進度和神隱事件情況後，便去了一条院的其他建築物，參見正在那裡執行政務的藤原道長。

『大臣大人，聽說入宮的事決定了，恭喜您。』

藤原道長向叩拜的行成點了點頭，但是臉上表情有些凝重。

『您怎麼了？』

行成不解地問，藤原道長皺起眉頭，用扇子抵著嘴說：『我在想中宮的事。』

『中宮大人？』

藤原道長點點頭，輕輕嘆了口氣。一般人對他的評價不是很好，但是，他也不是那麼壞的人。沒經歷太多阻礙就爬到這個地位的他，的確很希望女兒入宮，但是他並不想因此把姪女定子逼入絕境。可是彰子一旦入宮、生下皇子，定子和她的孩子就會被打入冷宮。而且攝關家的女兒，只要入宮，就必須被封為中宮或皇后，否則有損其高貴血統。

當今皇上已經有定子這個中宮了，按規定，中宮只有一個，所以要封彰子為中宮，就必須立定子為皇后。

『但是有史以來，沒聽說過皇帝有兩個皇后……』

藤原道長愁眉不展地說。以血統來說，應該立彰子為后，可是這違背常理，一定會有人反對。或許，還是只能封彰子為女御④。

默默聽著藤原道長說話的行成，精悍的眼睛變得柔和，說：

『大臣大人，請先聽聽行成的想法。』

道長詫異地看著行成。行成朗朗說道：『立彰子為后是合情合理的事，不，應該說彰子小姐一入宮，就該先被冊封為中宮。』

『怎麼說？』

目前，有三個人擁有皇后頭銜，但是全都出家入了空門。

行成繼續說：『日本是神國，卻沒有一個皇后可以祭祀我藤原一族的氏神。』

所以，必須立一族之長左大臣家的千金為名副其實的皇后。

中宮定子雖然還俗了，但她曾經出家是眾所皆知的事，不能委以祭祀重任。

道長仔細聽著行成的分析，眼睛漸漸亮了起來，頻頻點著頭。

『嗯、嗯，原來如此，你說得有道理，行成。』

說得也是，這麼一想，立彰子為后就是順理成章的事了。

『京城仍不斷發生神隱事件，鬧得人心惶惶，這樁喜事來得正是時候，我們臣子也都希望能早一天立令千金為后。』行成做此結語後，深深叩拜離去。

後來，藤原道長以行成這番見解說服了當今皇上與皇太后，同時立了兩位皇后。行成在他的日記中寫道，藤原道長非常感謝他，說永遠不會忘記他這份恩情。

藤原道長決定在十月初的吉日，替長女彰子舉辦裳著儀式。

昌浩聽說這個消息時，臉色毫無變化，只是喃喃地說『這樣啊』，就默默做著陰陽寮的工作，淡然處之，安靜得連跟他最親近的小怪都不免擔心。

進入九月，天氣漸漸轉冷，秋天就快結束了。氣溫一下降，天空就顯得更高遠了，紅蜻蜓在湛藍的天空裡飛來飛去，鮮豔的顏色對比令人驚嘆。

『這種時候，很適合風雅地吟上一首歌呢。』

昌浩仰天喃喃說著，走向了陰陽寮盡頭的書庫。已經過了午時，官員們幾乎都退出宮了。昌浩一進入書庫，便從拉拉雜雜的書堆中挑出幾本書，一屁股坐了下來。陽光從窗戶照進來，光線很明亮，但是，不多準備一盞燈還是有些看不清楚。

小怪一直看著昌浩的行動，訝異地問他：『昌浩，你這是……』

昌浩眨眨眼，望向小怪，但是手沒停下來，攤開了卷軸。

『什麼事？小怪，我很忙呢！休假前有很多東西要查。』

小怪瞪大眼睛，不解地說：『休假？』

『對，休假。』昌浩重複一遍，又把視線拉回到卷軸上，開始閱讀上面的文字。

『這件事分秒必爭，所以我大略向父親說明後，決定請長假。』

宮中每個月都有活動，但是在年底前，已經沒有像乞巧奠這種會讓陰陽寮忙翻天的活動了，少一個最下層的直丁也不會有什麼問題，所以昌浩請了長假。

昌浩一直臥病在床，所以在今年的任命儀式中，他並沒有升官。要挽回這樣的遺憾，他一天都不該休息，可是情勢不允許他這麼做。現在請長假，恐怕連明年春天的任命儀式，他都無法升官，搞不好還會被摘掉官職。

『管他的，反正我只是個連八位都不到的初級小官，而且對步步高升也沒啥興趣。』

『替你加冠的行成聽到你這麼說，心情會大受打擊吧？』

昌浩瞇起眼睛說：『他是身兼藏人頭與右大弁的大人物，我不能升官應該不會對他造成任何影響吧？』他露出落寞的笑容，接著說：『而且大臣大人很清楚原因，說不定這件事辦成後，他會特別給我升官呢！不但獲得大臣大人的寵愛，皇上也會知道這件事，這麼一來，安倍家就安泰啦！』

昌浩無力地笑著，小怪悄悄戳了一下他的背，卷軸從他手中滑落，在地上翻滾著，但他只是看著，並不打算起身去撿。小怪繞到他面前，劈哩啪啦罵了起來：

『別閒扯淡了！庸俗到了極點，你可是大陰陽師安倍晴明的孫子啊！』

通常昌浩會立刻反擊說：『不要叫我孫子！』但是今天，他只看著小怪好一會兒，默默舉起手來，指著卷軸說：『小怪，撿起來。』

小怪沒料到他會這麼講，瞪大了眼睛說：『為什麼要我撿？』

——憑什麼叫我撿？把我當成了狗啊！

『是你戳我的背才掉下去的，所以應該你去撿，你不服嗎？』

小怪張著嘴還想繼續說下去，但是昌浩的眼睛太過平靜，抹殺了它的氣勢。儘管一肚子火，小怪還是轉過身去，追起了翻滾的卷軸。

看著它追卷軸的昌浩，突然瞪大了眼睛，一手按住胸口，一手撐在地上，臉色蒼白，緊緊咬住了嘴唇，額頭冒出汗來，按著胸口的手緊握得失去了血色。

拿著卷軸回來的小怪看到昌浩的異狀，嚇得臉色大變。

『你怎麼了！』

昌浩猛地回過神來似地，看著衝過來的小怪，掩飾地笑了一下。

『沒什麼，只是突然頭暈了一下，看來身體還沒完全復元呢。』

小怪露出『我就說嘛』的表情，對昌浩說：

『你身體才剛好，幹嘛勉強入宮工作呢？回家去吧！』

但是昌浩搖了搖頭，說：『不行，我要查的東西還沒查完。』

看到他這麼頑固，小怪懷疑地眯起了眼睛問：『你在打什麼主意？』

『我只是在想，要早點找到窮奇，殲滅它才行。』

昌浩回答後，接過小怪手中的卷軸開始閱讀。他的臉色還是一片蒼白，但是跟小怪的對話、聲音都很沉著。小怪不安地看著他，他畢竟還是個孩子，儘管貴船的祭神賜給了他力量，體力上恐怕還是有無法彌補的地方。小怪心中各種思緒錯綜複雜，但是昌浩沒理他，繼續看他的書。

為了找出窮奇、將它殲滅，昌浩正努力涉獵家中沒有的陰陽術和咒術。

其中有些是他已經學會的，但是當然還是有他不曾學過的東西。他知道自己還在修行中，是個半吊子，所以必須儘可能地彌補這個缺憾，早日破解窮奇的咒縛。

昌浩看著卷軸的視線突然停了下來。期限是一個月，如果不行，可以延後一個月。彰子的裳著儀式是十月初，入宮大約在一個月後，也就是十一月。

他不能讓彰子帶著咒縛的污穢入宮，所以必須在那之前找到窮奇。

昌浩眨眨眼睛，繼續看書。

小怪目不轉睛地看著他滿是憂鬱的眼眸。

✦ ✦ ✦

啪噠一聲，鮮血與肉片一起掉落下來。脖子被扯咬而大大向後仰的頭部，只剩下一張皮與身體相連。一對銀白色的眼睛冷冷地看著這樣的軀體。

『不夠啊……還不夠啊……』

窮奇露出利牙，一口從倒在地上的女人身上把臂膀咬了下來。然後發出咬碎骨頭的咔咔聲，咀嚼著垂下的手臂。血在它四周蔓延開來，破破爛爛的碎布浸泡在血水中，吸滿了血。那些原本色彩繽紛的布，都被染成了深黑色。

窮奇太飢餓了。被趕出原來的國家、逃到這個島國，身體又無法自由行動，只能啃食同胞，等著傷口痊癒。脖子上被刨挖的凹洞，已經歪七扭八地隆起來了。因為肉被挖掉了，所以很難完全恢復原狀，這也是沒辦法的事。

問題是妖力。與大妖九尾生死之鬥後，力量被削弱到了極限，光靠妖怪的血和肉根本無法復元。要恢復以前強大的妖力，必須吃人類的肉，而且最好是靈力較高的人類。

之前鎖定的目標藤原彰子是最上等的極品。但是，即使現在咒縛啟動了，還是有礙眼的方士保護著她。當她回應窮奇的呼喚時，防護牆就被破壞了，可是現在又被修復得更牢固了。

等它身體完全復元，非殺了那個狡猾的老頭和小鬼，還有圍繞著他們的變形怪不可。窮奇用前腳爪子撕裂女人的腹部，扯開肉用力一壓，滿是鮮血的內臟便爆了出來。它用舌頭舔著淌落的鮮血，大口大口吃著內臟，稍微瞥了周遭一眼。

這個世界的天空是紅黑色，籠罩著腥臭悶熱的沉重空氣，酷似血紅的夕陽被黑夜吞噬前的色彩。

窮奇周遭聚集著擁戴它為主人的妖怪們，貪婪地吃著許許多多的屍體，那些都是窮奇命令它們抓來的人類。

它們把大致篩選過的人抓來這裡，讓那些人為了存活而互相殘殺，再把最後倖存的人當成主食。理由是，窮奇喜歡醜陋的心，喜歡為了獲救、為了生存而殺死其他人的醜陋人類，這樣的肉接近黑暗，味道非常鮮美。那些打輸的人，就分給其他妖怪們填肚子、潤潤喉。妖怪們已經吃膩了這個國家的妖怪，論食物，就屬人類的肉最好吃。而且吃一小塊人肉，也比吃一整隻妖怪更能補充力量。

最脆弱的，擺在最後才吃。妖怪們含著已經沒有肉片的白骨，貪婪地吸食著僅剩的一點點血腥味，吸厭了，才開始咔咔地咬碎骨頭。

最後應該只剩下破破爛爛的衣服，但是卻有無數妖怪甩著血被完全舔乾的白色東西。仔細看，上面有皺紋和毛細孔，是被剝下來的人皮。妖怪們把屍體的表皮完整地剝下來，把裡面的肉刮得乾乾淨淨，只留下一層薄薄的皮，已經囤積了幾十張。

『還不夠……』類似低鳴聲重重敲擊著群妖，無數的妖怪同時趴下，跪倒在地。窮奇看著它們，銀白色的眼睛閃爍著殘忍的兇光。『不要抓這種貨色來給我，我要極品！』

窮奇的妖氣冒了出來，黑色和白色的毛像波浪般倒豎起來，銀色的毛漸漸轉變成金色。妖怪們看了，都低聲叫了起來：『主人的力量……』喧嚷聲漸漸擴散開來。

異邦大妖魔窮奇幾個月前遭受人類的法術攻擊時，妖力被削弱到了極限，迫使它不得不潛入地底深處，啃食妖怪同伴的肉。黃金般的毛也失去了色澤，轉變成月光般的銀色，但是現在又恢復成綻放出金色光芒了。

窮奇舔舔黏在嘴邊的肉片，眼睛炯炯閃爍著光芒。

『抓有力量的人類來，就像……』窮奇瞇起了眼睛。

是的，就像那個沒多大年紀的方士——

小怪的陰陽講座

④女御為僅次於皇后、中宮的嬪妃。

9

『南無馬庫薩曼答波答難！』

犀利的咒文撕裂夜的黑暗，嚇阻了妖怪們。

昌浩在胸前打出手印，氣勢磅礡地大聲嘶喊著：

『嗡撒拉撒拉巴查拉哈拉坎・渾哈塔！』

正要將爪子伸向昌浩的妖怪被施法後，向後飛了出去，跌得四腳朝天，被灼熱的風吹得發出了痙攣的慘叫聲。

它反射性掙扎著，企圖翻過身來逃跑，但是，被修長的身影擋住了去路。

『太遲了。』

紅蓮撂下短短一句話，放出隨性扭擺的火焰，瞬間燒死了妖怪。

昌浩看著被燒得連灰燼都不剩的妖怪，輕吐一口氣，當場跪了下來。他的肩膀上下劇烈抖動，臉色蒼白地喘著氣。

『昌浩，你還好吧？』

紅蓮慌慌張張地衝過來，昌浩默默點點頭，手按著膝蓋站起來。

『我沒事，不用擔心。』

他用手拭去額頭上冒出的汗，平靜地回答。

紅蓮用兇狠的目光瞪著他，聲音僵硬地說：

『不要騙我，那個樣子還敢說你沒事。』

昌浩一個深呼吸，抬起頭來，微微笑著說：

『我真的沒事，只是接連好幾天收服妖怪，有點累了。』

他舉起手來，制止紅蓮繼續說下去，然後轉頭看著後面，視線落在無數小妖上，它們緊縮成一團顫抖著。昌浩走向它們，蹲了下來，視線與它們齊高。

『喂，你們知不知道窮奇在哪裡？』

小妖們拚命搖著頭，面面相覷，然後你一言我一語地說起話來。

『有看到異邦那些妖怪，可是沒看到那隻大的呢！』

『也常看到不是異邦的妖怪，就是沒看到那隻長翅膀的。』

『那麼，你們知道剛才那隻從哪兒來的嗎？』

這是個新問題，小妖們給了明確的答案。

『那邊，從那個拐角彎過去有一棟貴族的宅邸。』
昌浩轉過頭，看到黑暗中有道圍牆，但是一眼看不到盡頭。
他回過頭，突然一口氣接不上，當場跪了下來。他壓抑住湧上喉頭的呻吟聲，緊按著胸部，試圖讓自己穩定下來。
『昌浩！』
從紅蓮變回小怪的白色身影，衝到了昌浩身旁。
小妖們都擔心地看著垂下頭來的昌浩。
『你怎麼了？看起來不太好哦。』
『身體如果不舒服，最好回家休息哦！』
『就是啊，我們都靠你啦！』
『那個小怪不也這麼說嗎？』
『你要聽他的話嘛，晴明的孫子。』
『不要叫我孫子……』
昌浩的聲音摻雜著喘息，沒什麼力量，小妖們都驚訝地瞪大了眼睛。
『喂、喂，你到底怎麼了，昌浩？』

昌浩按著膝蓋站起來，瞪著它們說：

『既然知道我的名字，以後就叫我的名字。』

『不要。』

小妖們斷然拒絕，極力主張說：

『孫子就是孫子，除了你之外，沒有其他晴明的孫子了。』

『多得是，我是最小的一個。』

『不，孫子只有你一個。』

小怪介入昌浩與小妖之間，用後腳站了起來。

『昌浩，你真的不太對勁，我扛都要把你扛回去。』

夕陽色的眼眸熊熊燃燒著。

——啊，它生氣了。

昌浩像是覺得很刺眼般瞇起了眼睛，心中滿不在乎地這麼想，嘴巴則說著另一碼子事。

『小怪，下次遇到異邦的妖怪，只要教訓它們就行了，不要殺了它們。』

『喂！』

『這樣的話，說不定它們會……』

突然，昌浩覺得天旋地轉，胸口劇烈疼痛，身體漸漸發冷。

一陣暈眩後，他差點倒了下來，小妖們趕緊扶住他。

『喂，你振作點啊！』

——你很囉唆耶，小怪……

昌浩恍惚地想著，就那樣昏了過去。

小怪把失去意識的昌浩帶回了家裡。

昌浩的體力畢竟有限，從請假到現在很快就過了兩個禮拜，這段期間為了尋找妖魔，他每天晚上都在京城內繞巡。白天頂多休息兩個時辰，其他時間都在鑽研陰陽術、占卜妖魔們的去處、準備咒具，總之，忙得不可開交。

有時還會去晴明那裡，詢問彰子的狀況。聽說她慢慢復元了，昌浩露出淡淡的笑容，喃喃說道：是嗎？那就好。從此以後，他再也沒有提起過彰子。

小怪把昏倒的昌浩抱進房間，放在鋪被上後，就衝到了晴明房間。

『晴明！』

小怪一進房間就鬼吼鬼叫，晴明瞄它一眼，有氣無力地回應：

『嗯？』

他坐在放著式盤的書桌前，雙手環抱胸前，好像在思考著什麼。表情帶著疲勞，少了那麼一點活力。大概是因為承接了窮奇的詛咒吧。

按規矩，任何人都不准妨礙陰陽師的占卜，但是小怪步步逼向了晴明，像金剛力士般站在他身旁。

『你去阻止他啊！』

『你是說昌浩？』

『還有誰呢？他也太逞強了，再不休息兩、三天，他會完全倒下！』

『紅蓮……』

聽到晴明叫得這麼沉重，小怪立刻閉上了嘴。

晴明看著小怪，嚴肅地說：『隨他去吧，說了他也不會聽。』

小怪覺得晴明這麼說，聽起來像是已經知道了什麼，它皺皺眉、甩甩耳朵，說：

『晴明，你是不是隱瞞了什麼？回答我。』

可以感覺到幾個氣息在晴明背後鑽動著，不久後，出現了兩個身影，是青龍和六合。青龍像平常一樣斜斜站著，鄙視地瞪著小怪，小怪一把火上來，和他面對面，反瞪

回去，就這樣展開了無言的攻防戰。

六合從晴明背後繞過來，輕輕抓起了小怪。

『六合！』小怪斥責他。

『要罵我等一下再罵，昌浩好像醒了哦。』六合用沒有抑揚頓挫的聲音回應小怪。

小怪趕緊探索氣息，果然如六合所說，昌浩醒來了。他怕不看著昌浩，他又會溜出去，所以縱然滿腔怒火，也只能任憑六合把自己帶走。

晴明目送他們離去後，嘆了一口氣。

青龍靠著牆，盤腿坐下來，視線移到了晴明手上，透明的藍色眼睛清亮冷澈。

『你每天每天都在占卜什麼啊？』

晴明只哼了幾聲，沒有給青龍明確的答案。

『你不管管那傢伙嗎？』

晴明點點頭，眨眨眼，然後睜大眼睛看著青龍，半感嘆地說：

『真難得，你也會擔心紅蓮啊？』

青龍立刻擺出不高興的表情，否定了晴明的話。

『不是。』

『不是啊？真遺憾，讓我大吃一驚呢！』

晴明似乎真的大感驚訝，連臉色都變了。但是說完後，他突然想到，既然青龍說的不是紅蓮，那不就是……他比剛才更驚訝了，又問青龍：

『莫非你說的是昌浩，宵藍？』

青龍沒有回答，沉默代表了肯定，晴明笑逐顏開地說：

『這樣啊，這樣啊，你也承認昌浩了啊？』

『不是。』青龍斷然否認，擺著一張臭臉，把視線朝向了昌浩的房間。『我只是不想看到一個那麼脆弱的人，差點死過一次，還不知自我反省，只會死命地往前衝。』

晴明若有所思地點點頭說：『嗯，原來如此，你是說昌浩是脆弱的人類之軀，而且前些日子差點喪命，現在才剛剛復元，就逞強到處行動，所以你很擔心他。』

『不是。』

青龍立即否定，但是晴明不理他，感動得頻頻說著這樣啊、這樣啊。

不要誤會了！青龍簡短駁斥，站起身來說：

『請你記住，我現在還是不承認他是你的繼承人。』

然後用銳利的眼神瞥了晴明一眼，忽然消失了。

晴明眯起一隻眼睛目送他離去，口中唸唸有詞：

『既然這樣，幹嘛特地挑紅蓮在的時候現身呢？』

晴明知道昌浩臥病在床時，青龍常挑紅蓮不在的時候去探望他，但是晴明都假裝不知道，隨他去了。

唉，他就是這麼好強，晴明嘟囔著，突然發現背後又出現了神將的氣息，眉頭深鎖的臉閃過了緊張的神色。

『怎麼樣了？』

『你是說彰子的情況嗎？不太好，必須淨化瘴氣。』

敲響水晶般的清澈聲音，直接傳到了晴明的耳中。

這樣啊，晴明點點頭，視線再度落在式盤上。

『那麼，這幾天得去一趟才行……我也有話要告訴大臣大人。』

他說完後，那個氣息也悄悄退去了。

晴明再度將視線投向式盤，臉上神情嚴肅，看起來更疲憊了。不一會兒，他像有塊大石頭壓在心頭般，重重嘆了一口氣。

第二天，安倍晴明去了東三条府。

彰子入宮的事決定後，已經過了二十多天。她一入宮，便會宣旨封她為女御，明年正月就會以中宮身分立她為后。

入宮朝覲的貴族們都議論紛紛說，內覽藤原道長的地位更加鞏固了，藤原一族將會更繁榮。而且大家都認為，擔起部分繁榮擔子的左大臣家千金，現在不知道多幸福呢！貴族家——尤其是攝關家——的千金，都會想進入後宮。父母把女兒送入宮內，如果幸運生下皇子，就能以外戚身分掌握實權。

所以大家都深信，藤原家的千金應該正數著日子，期盼即將到來的美好日子。

但是實際上，飽受窮奇咒縛折磨的彰子，雖然大部分的疼痛都轉給了替身，還是虛弱地躺在床上。她住的東北對屋覆蓋著晴明重新佈設的堅固防護牆，但那已經不是用來嚇阻外來的妖魔，而是用來封鎖不斷從彰子體內冒出來的瘴氣。

晴明必須定期來訪，淨化充滿對屋的瘴氣，並且必須在照顧彰子的侍女身體產生異狀前，清除所有瘴氣。平常，他都是趁彰子熟睡時完成淨化，但是這一天彰子正好醒著。聽說晴明來訪，她對侍女空木說，她想見見晴明。

『不可以，妳的身體太虛弱了。』空木怎麼樣都不肯點頭。

再過十多天就是彰子的成人禮了。可是她最近才復元到終於可以起床，所以絕不能讓她太勞累。空木怕挨老爺罵，更擔心自己的主人。

『拜託妳……我想見晴明大人。』彰子用微弱的聲音懇求，瞇起了眼睛，就快哭出來了。

『不管妳怎麼說，我都不能答應。』空木還是斷然拒絕。

晴明在屋子外，聽著她們的對話。

自從八月底觸動了窮奇的咒縛以來，他來過東三条府很多次。但是，彰子很少有清醒的時候，現在也還有微燒。恐怕要徹底殲滅窮奇，這個熱度才會退。

晴明想起了東奔西走的孫子。從九月起，昌浩就請假沒出仕了。他這麼做，就是為了四處尋找異邦的妖影。白天不管怎麼找，都不可能看到妖怪的影子。夜晚才是它們的領域，當黑暗掌控這個世界時，正是妖怪們活躍的時刻。

從日落黃昏到黎明破曉之間，是昌浩搜尋妖魔的時間。期限一天天逼近，時間剩下不多了。彰子入宮的日期是十一月一日，這是晴明占卜決定的日子。所以昌浩必須在那天之前，殲滅異邦大妖魔和它的嘍囉們。

晴明不能親自出馬，因為萬一他敗給了妖魔，就沒有人可以保護彰子了。除了昌浩和他之外，這個國家沒有任何人可以跟異邦的妖怪對峙，連傳說是天照大神後裔的皇帝也不例外。或許在平安時代初期曾有皇帝擁有收服妖魔的力量，但是，隨著時間無情地流逝，國家沉浸在一片祥和中，擁有特殊才能的人也沒必要琢磨這樣的力量了。

晴明被稱為稀世陰陽師的超凡靈性，是與生俱來的。

——人家都說你不是人類，我並不覺得呢……

突然，熟悉的聲音在耳邊響起。晴明不由得瞇起眼睛，回想起遙遠的日子。那是幾十年前的事，已經很久沒想起來了，甚至都忘了自己還記得。記憶中的那個臉龐，輪廓已經不再清晰了，彷彿背著光，遙遠得只浮現出模糊的影子。

也難怪啦，他想，她踏上死亡之旅，都已經幾十年了。但是，他並不懷念這張臉龐，因為有個酷似這張臉的人，現在就在他身旁；那就是他還年幼、還不成熟、個性好強不服輸的小孫子。因為還在成長，所以相似到經常會嚇到他。

『晴明大人，您怎麼了？』

詫異的聲音，把晴明從追憶拉回了現實。

他回過神來，看到空木就站在他旁邊。空木拿著扇子對他一鞠躬，指著對屋說：

『彰子小姐說非見您不可……請進。』

看來，連頑固的空木也捱不過彰子拚了命的懇求。縱使百般為難，她還是把晴明請進了對屋。

空木帶著他穿過對屋的木拉門，經過廂房，來到了正屋。原本應該躺在床上的彰子，在單衣上披著枯黃色外衣，端坐在鋪被旁的榻榻米上。她一見到晴明，便將雙手貼放在榻榻米上，低下了頭行禮。

晴明的官位並不高，彰子向他表示敬意，是因為他非常關心彰子，為彰子鞠躬盡瘁。再加上彰子跟祖父沒什麼緣分，所以大概把年老的晴明當成了自己的祖父。

『啊，不用這樣，不要太勞累了，快躺下來。』晴明說。

彰子搖搖頭，靠著身旁的憑几。

『讓您見笑了……』

柔弱地這麼說的她，兩頰已經瘦削得不成樣了。平常總是白裡透紅的粉紅色肌膚，變得到處瘀青，慘不忍睹，烏黑茂密的長髮也失去了光澤。

她用因微燒而淚光閃閃的眼睛看著晴明，緊緊握起了雙拳。

『晴明大人……我聽空木說，您把我身上的咒縛都轉移到您身上了，真的嗎？』

晴明面對彰子坐下來，一副有口難言的樣子看著彰子。彰子把他的沉默解釋成肯定，雙手掩面而泣。

『啊……』彰子大受打擊，縮起身子，肩膀不斷顫抖著。

晴明看到她呼吸變得急促，緊鎖著雙眉說：

『彰子小姐，請妳躺下來，太過勞累，病情又會惡化。』

為微燒的彰子準備的火盆裡燒著炭，快冬天了，已經到了沒有生火會感到寒冷的時節了。

彰子緩緩搖搖頭後，向晴明深深低下了頭。那可怕的咒縛曾在她身上狂奔流竄，帶給了她無法想像的痛楚，如果沒有辦法解決，恐怕她會因承受不了痛楚而喪命。她可以感覺到沉重地壓過來的恐怖、灼熱氣息，以及在自己體內鑽動的可怕力量。

彰子看著自己的右手，失去血色、變得像白紙般的手背上，有著紅黑色的醜陋傷痕。昏迷期間，她恍惚地回溯著過往記憶，看到黑暗中的貴船正殿被無數可怕的妖怪包圍，比人還高大的鳥妖正俯視著自己。

——傷痕永不消失，傷口永不癒合……

彰子閉上眼睛，身體劇烈顫抖著。

那個妖怪樂不可支地喋喋說著：這就是獵物的烙印。從那時候開始，妖怪的咒縛就在這個軀體生了根，逐漸蔓延開來，遍佈全身，在沉睡中等待著窮奇的呼喚。

晴明握住她蒼白的手，嚴肅地說：『這個傷痕……是妖魔的咒縛，恐怕一輩子都不會消失了。』彰子張大眼睛看著他。晴明繼續淡淡地說：『還有……在彰子身上生了根的窮奇詛咒，也一輩子都不會消失，很可能會時時折磨著妳。』

晴明看到彰子的眼睛顫動一下，猜想她八成又要哭了。

但是出乎他意料之外，彰子平靜地露出了微笑。

『但是，我不會有事的。』她的眼眸平靜得像沒有一絲波紋的水面。『因為有陰陽師保護我啊。有晴明大人這樣的稀世大陰陽師保護著我，我有什麼好擔心的呢？』又接著說：『何況，皇宮裡有陰陽寮，有很多陰陽師，不是嗎？所以我一定不會有事的。』

彰子笑了起來，笑得恬靜、沉穩而蒼涼。

一個還沒舉行過裳著儀式的少女，再怎麼裝大人，還是個小孩子。

這個少女幾天後將完成成人禮，然後再過一個月，就要入宮成為皇帝的妻子了。

年幼的她才十二歲，就得為了父親的權勢，成為政治工具之一。

貴族的千金不能擁有自己的意志，不少人為了親人而成為爭權奪利的工具，被淹沒在時間的大洪流裡，連名字都沒留下。像左大臣家這樣的公卿世家，這樣的情況更是顯著，千金們都只能聽從父母的安排，不能有任何想法——縱使那安排是錯的。生在藤原家的彰子，比任何人都明白這樣的事實。就因為明白，所以她早已放棄了自己。

彰子突然將視線轉向了東側庭院，眼睛微瞇，好像想看清楚板窗緊閉、放下竹簾那片空間的某種東西。不一會兒，晴明發現她看的不是庭院，而是擺在可以一覽庭院處的布幔架和蒲團。彰子神情恍惚地看著那個地方好一會兒後，自言自語似地說：

『去看螢火蟲……』

晴明瞇起眼睛看著彰子，她又繼續說：

『昌浩說……要一起去看螢火蟲。』

彷彿有人在那個地方似地，她目光柔和地看著那裡。

『今年的季節已經結束了，所以……他說明年夏天去……』

聽到她不斷重複說著『明年夏天』，晴明垂下了眼，視線正好落在彰子白皙的手指上。十指緊扣的手上，烙印著一輩子也不會消失的詛咒標記。

『他說……貴船是螢火蟲勝地，盛夏時會有很多螢火蟲飛來飛去。很好笑吧？貴船

那麼遠，我怎麼可能去呢？』

彷彿打從心底高興似地，彰子的聲音裡泛著笑意。晴明依然垂著眼，搖搖頭，回應她說別這麼想。

『結果、結果……昌浩很有自信地對我說，絕對沒問題。』

——沒關係，可以請我之前說的妖怪車之輔載妳去。

真的嗎？她慎重地向昌浩確認，他也用力地點了點頭。

這是他們的第一次約定。平常，他只會來察看結界、探視彰子有無異狀，沒什麼重大的事情，兩人就不可能見面。這一回，是無關彰子或昌浩的生命危險，甚至沒有任何危機感的單純約定，她不知道有多興奮、有多期盼呢！

她真的、真的很開心，不時幻想著遙遠的那一天的到來，雀躍不已。

『……然後……我們勾了手指。』

淚水撲簌流了下來，落在枯黃色的衣服上，被吸了進去。

晴明突然抬起頭來。

彰子還是面露微笑，看著面向東側庭院的廂房裡兩個並排的蒲團。從她那雙眼睛滴落下來的淚水，也幸福地微笑著……

去看螢火蟲，貴船的螢火蟲——一定比夢境、畫卷都漂亮的，夏天的螢火蟲。

彰子聽到昌浩喃喃說著：『到時候，窮奇也被我剷除了。』

昌浩還用同樣的聲音對她說：『無論如何都不能回應妖魔的呼喚。』

突然，笑容從彰子臉上消失了，她再也忍不住似地扭曲著臉，咬緊了嘴唇，低著頭的白皙臉頰滑下了一行清淚。不久後，她哽咽地坦承。

『他叫我不要回應……我卻……我卻……』她抽噎著，把壓在心中許久的話說了出來。昌浩一再告誡她絕對不可以回應，她卻回應了窮奇的聲音。『觸動詛咒、召來窮奇的人……就是我自己。』

她好不容易說完這些話後，雙手掩面哭了起來。

就在他們約定的同一天，她的父親藤原道長告訴她，將在今年冬天替她舉行裳著儀式並送她入宮。藤原道長委託昌浩轉交給晴明的信，就是要晴明占卜吉日，一旦日子決定，一切就要如期進行。

聽著父親的話，彰子的心隨之凍結了。她張開僵硬得不能動彈的嘴唇，想說：等等啊，可是發不出聲音，只能在冰冷凍結的心中死命地喊著：等等啊，父親，求求你，再等一下，我跟昌浩約好了明年夏天要一起去看螢火蟲啊。但是，她知道，無論如何都不

能說出口。

身為貴族家的女兒，不能有自我意志，不管現實為何，就是不能。可是她真的不想入宮，不想進入那個後宮。因為當今皇上已經有很多嬪妃了，而且中宮定子還是她的堂姐。

她茫然地看著說得口沫橫飛的父親，心就快被撕裂了，發出了哀號聲。

之後，她一個人回到對屋，虛脫地看著東側庭院時，那個可怕的妖魔就闖入了她心中，慫恿她說：回答啊……只要妳回答，我就讓妳解脫妳所背負的宿命……

『我明知不可以回應，卻還是……』

再怎麼後悔都來不及了，她已經觸動了窮奇的詛咒，強烈的瘴氣爆發開來，不只是她，連她的家人和僕人們都被捲了進來。

『結果，害晴明大人為我承受了一切……還有昌浩……』

昌浩才剛從瀕死的深淵爬出來沒多久，就為了殲滅窮奇東奔西走，跑遍了全京城。

這都要怪她，她是所有事情的元兇，因為自己太過膚淺，一心只想著逃開宿命，才會連累大家，把大家都捲進了事件中。

一時之間，正屋只聽到悲痛的啜泣聲。過了好一會兒，晴明才平靜地對掩著臉、顫抖著肩膀的彰子說：

『……任誰都有一顆心，沒有人能抹殺。』

但是貴族家的千金，一輩子都會被當成工具，必須壓抑自己的心，隨著別人的意思沉浮。

晴明看著彰子無助的瘦弱肩膀，突然想起了亡妻。她跟這個少女一樣有雙陰陽眼，但是沒有其他能力，所以她很討厭鬼，每次看到鬼都會慘叫。

起初，她是請晴明去幫她驅鬼，晴明漫不經心地告訴她，我也不是人哦，我是變形怪和人類之間的孩子。她滿臉認真地反駁說：

『你說你不是人，絕對是騙我的，因為我看得出來你是個好人。』

她的眼睛直視著晴明；沒錯，昌浩就是繼承了她那雙眼睛。

後來，晴明終於見識到她令人歎為觀止的陰陽眼能力，而且她動不動就會重複這句話：我擁有令你驚嘆的陰陽眼吧？所以你要相信我的話，你是個非常溫柔、非常好的人。

從小，大家都說晴明是變形怪與人類的孩子，不是人，所以也不會有人類的心，這些話成了晴明心中永遠也拔不掉的刺。

其實人只要活著，就會有心，心是無法抹殺的東西。

想到現在還隱藏著自己內心情感的昌浩，晴明不禁閉上了眼睛。然後緩緩張開了眼晴，抬起頭來，說：『彰子小姐，妳再這樣撐下去，對身體不好，趕快躺下來吧。』

被催促著躺下的彰子，淚眼汪汪地看著晴明說：『昌浩……沒事吧？那些異邦的妖影……』她說得斷斷續續，呼吸似乎愈來愈困難了。

晴明露出沉穩的笑容，更加深了眼角的皺紋。『不用擔心他，他可是我安倍晴明唯一的接班人，他所說過的話，一定會成為言靈⑤。』

既然昌浩說會殲滅窮奇，那麼他無論如何都會做到。

晴明突然壓低嗓門說：『不過，妳不可以告訴昌浩哦！要不然他一定會跩起來。他還是個半吊子，得嚴格訓練他才行。』

彰子知道晴明是故意逗她笑，這才笑了起來。

她躺下後，大大喘了一口氣，閉上眼睛，很快就沉沉睡去了。

晴明替她淨化完後，把她交代給了侍女空木，便離開對屋，走向了寢殿。

藤原道長說他很快就會回來，所以晴明在寢殿的廂房等他。這時候，隱形的神將跟他說話了：『晴明，他還不回來啊？』

是六合，他是最常隱形陪在晴明身旁的神將。現在，除了他之外，還有天一和玄武，也待在可以隨叫隨到的地方。

還有天后，但是她留在安倍家，以防昌浩發生什麼事時，可以馬上來通報。

晴明優閒地眺望著水池。雖然在東北對屋為生病的彰子準備了火盆，但是只要照得到陽光，並不會覺得那麼冷。而且幸好沒風，所以晴明坐在那裡，並不覺得難捱。

『晴明？』

六合又問晴明，晴明輕鬆地回應他說：

『對不起，六合，能不能麻煩你去昌浩那裡？我有點擔心他。』

『有騰蛇陪著他啊。』

晴明微微瞪大眼睛，瞥了他一眼說：『喲，你也會說這種話啊？不久前，我不叫你去，你自己也會跟著昌浩和紅蓮在夜晚到處搜索啊。』

『那只是心血來潮。』

六合之所以是六合，就是在這種時候絕對不會被說動。十二神將中最難看出感情的人，恐怕非他莫屬了。

『現在跟那時候不一樣，我管得太多，恐怕會被那個騰蛇當成出氣筒。』

沒錯，六合說得有道理，晴明環抱雙臂思索著，但是很快又將視線轉向了六合，說：『不過，你還是去吧。』

『知道了。』

這次六合立刻答應了，因為既然晴明還是要他去，他就沒有理由拒絕了。

晴明搜尋著已經消失的氣息，悄悄嘆了口氣。

他瞇起眼睛，眺望整理得井然有序的遼闊庭院。

前幾天，他觀察星象，發現星星移動了，雖然只有毫釐之差，但是確實移動了。

『晴明，怎麼了？』快步走來的藤原道長連開場白都沒有，便直接切入了主題。

『發生什麼事了？是不是跟彰子的裳著儀式或入宮有關？』

晴明面向他，雙手貼地趴了下來行禮。

『我占卜後，發現了一件事……』

小怪的陰陽講座

⑤言靈就是讓說出來的話應驗的靈力，古代的日本人相信語言有這種不可思議的力量。

10

九月底。

夜晚出巡的昌浩，攔住正好經過的小妖問：

『喂，你知不知道異邦的妖怪今天可能在哪裡出現？』

連日來不斷發生神隱事件，已經有五十多人失蹤了。最近開始有目擊者出來說明經過，但是所說的話令人有點難以置信。他們說，有黑影從水面爬出來，把人拖進了水裡。所謂水面有各種形態，譬如貴族家幾乎都有的池塘水面、雨後的積水水面、用來裝水的瓶子水面、井水面。唯一的共通點，就是水。

根據他們的說法，異邦的妖影是把人拖進了水裡，但是，之後去哪兒了？

『嗯——神隱啊……』小妖神情凝重地煩惱了一下後，啪地擊掌說：『對了，最近有些竊賊把右京郊外的廢墟當成了巢穴。』

那附近有個小沼澤。因為可以避風雨，對成群結黨的混混來說是巢穴的最好場所。

『因為神隱事件的關係，天一黑，家家戶戶就閉門不出直到天亮，幾乎沒有人會在這種情況下，在晚上出來走動。』
大概只有他們所說的那些混混會趁晚上出來溜達。
『這樣啊，謝謝。』
『沒什麼啦！』
小妖回應昌浩的致謝，得意洋洋地挺起胸膛，春風滿面地走開了。
昌浩目送它離去後，環視周遭。儘管他極力裝出沒事的樣子，呼吸還是顯得有些急促。小怪早已發現了，但是不管怎麼問，他都堅持他沒事，小怪完全拿他沒辦法。
如果昌浩像上次那樣在小怪面前昏倒，它還可以硬把他拖回家，可是現在他繃緊了全副精神，強撐著在回到自己房間倒頭大睡之前，絕不被看出有不舒服的樣子。每次他一睡著，就會很痛苦似地全身縮成一團，汗水淋漓，就算說是身體不舒服，也太誇張了。
小怪總覺得他大有問題，心浮氣躁得就快到達沸點，已經不只是擔心而已了。
『哎，幹嘛這麼煩躁呢？』
這個聲音直接刺激著耳朵，小怪齜牙咧嘴地說：『我能不生氣嗎！』
『小怪，你很吵耶，走啦！』
昌浩滿不在乎的樣子，神情自若地走向右京郊外。

『他叫你走呢，你最好跟上他吧？』

小怪以沉默回應六合，但是六合說得沒錯，所以它加快了腳步。

右京郊外盡是荒地和田野，小妖所說的廢墟靠近七条大路，真的是建在荒郊野外的地方，破爛得就快倒塌了，只能勉強避避風雨。

昌浩繞巡廢墟一圈，喘得直吐大氣，從頹圮的木牆縫隙偷看裡面，確認有無異狀。看了一會兒後，沒發現混混動靜的昌浩，疑惑地喃喃說著：『沒有……人的氣息……』奇怪，就算是睡著了，也不可能完全感覺不出來。他們並不是一個或兩個人，而是成群結黨，沒有發出半點聲響實在太奇怪了。

『——！』

小怪全身微微緊繃了起來，六合也現身了，纏在他身上的長布條詭異地飄揚著。

兩對視線閃過廢墟的南側庭院，昌浩覺得一股寒意從腳底竄上來，全身顫抖著。

這妖氣，絕非日本本土的妖怪。

『找到了！』

昌浩助跑後跳過木牆，衝進雜草叢生的荒蕪庭院，沒有衣服遮蔽的皮膚處處發疼，他隨手搓一下臉頰，紅色液體便滲了出來，是被草割傷的，但是他就那樣衝出了庭院。

微弱的慘叫聲傳入耳中。

昌浩一個翻滾，從芒草叢中鑽出來，看到了一個水面混濁的沼澤。

『哇啊啊啊！』

這次是很清楚地傳來驚嚇到痙攣的慘叫聲，全身髒兮兮的男人們不知道被什麼東西抓住，拚命掙扎著。像黑影般的東西從水面爬出來，把那些混混拖入了水中。

『慢著！』

昌浩跑過去，打出了手印。小怪也一個箭步衝到昌浩背後。

『嗡阿比拉嗚坎夏拉庫坦！』

犀利的真言與小怪的咆哮聲重疊，形成強大的力量，把抓住混混的影子打得四散。

千鈞一髮之際獲救的男人，丟下縮在一旁的同伴，一溜煙逃走了。

昌浩站在沼澤旁，注視著水面。現在接近新月，沒有月光。他看著沉澱混濁的黑暗水面，突然覺得被往後拉，雙腳糾結，身體傾斜，他慌忙往後看，叫了起來：

『六合，你幹嘛……』

突來的慘叫聲打斷了昌浩的斥責。他屏住氣息回頭看，剛才縮成一團的混混，全身被黑影纏住了。

『糟糕！』昌浩大驚失色，發現腳下飄蕩著詭譎的氣息。

『昌浩，退後！』小怪大叫。

昌浩用力蹬地而起，六合高高跳起來，接住了他。

說時遲那時快，黑影從水面蹦出來，撲向了他們剛才站立的地方。那是沒有實體的影子。那雙妖氣的觸手，一般人摸不到，卻可以像繩子般將人纏繞捆綁住。

『別想逃！』小怪的雙眸燃燒起來。

六合和昌浩跳起來後，降落在離沼澤一段距離的地方，看到小怪正要衝向水面。

『小怪！』

昌浩怕小怪往水裡跳，正要衝出去時，六合捉住了他的手臂。

『六合，放開我！』

『你看著就行了，不要逞強，晴明命令我跟著你。』

昌浩張大了眼睛說：『你知道……？』

六合沒有回答。昌浩緊咬嘴唇，回頭看著小怪。

水面激起了陣陣漣漪，小怪站在中央，周遭圍繞著紅色鬥氣。

『認命吧，我會把你燻出來！』

他像沒有重量似地漂浮在水面上，夕陽色彩的眼睛閃閃發亮。起風了，是如火焰般灼熱的風。混濁的水捲起漩渦，應聲噴出了蒸氣，整片沼澤很快咕嘟咕嘟地冒出氣泡來。

六合默默看著，喃喃說道：

『他也太粗暴了……會把水中的生物全毀滅了。』

『小怪好厲害……』

昌浩出神地看著小怪，火將騰蛇的力量就是操縱火焰和熱，所以沒多大的沼澤水面，漸漸變成了滾燙的熱水。即使是妖怪，也受不了這麼急遽的溫度變化吧？耐著性子等妖怪衝出來的小怪，突然覺得不對勁。水面漂蕩著妖氣，溫度已經高到冒蒸氣了，黑色觸手卻還在水面上蠕動延伸。

小怪似乎發現了什麼，瞪大眼睛，用前腳爪子攪動水面，濺起了滾燙的水花。

突然，黑影從下面抓住小怪，裊裊上升，瞬間包住小怪的白色身軀，沉入了水面。

『小怪！』

深紅色的光芒從黑影中爆開，把觸手炸得四分五裂。紅蓮召喚火焰，攻入水中，熱水發出嗞的聲響蒸發了。水面受到衝擊而裂了開來，沼澤一分為二，震盪得天搖地動。

『果然……』紅蓮低聲說著。

裂開來的水面濺起水花，向中間集中，就快恢復原狀了。紅蓮的視線掃過波紋迭起的水面，召喚紅火焰戟，一刀劃開水面，立刻從水面傳出了魔音傳腦般的慘叫聲。

被紅蓮的戟劃開的地方，像布一樣裂成兩半，從中間跳出了一隻妖怪，滾到了沼澤旁。肉被燒焦的臭味隨風飄到了昌浩那裡。搞不清楚發生了什麼事的昌浩一回頭，妖怪便發出刺耳的吼叫聲衝向了他。

『猴子？』昌浩呆住了。

六合一把將他拉到背後，從肩上扯下了長布條，黃褐色的眼睛炯炯閃爍。

『舉父——！』

聽到六合低沉的叫喚聲，昌浩在口中反覆唸著這個名字——『舉父』，狀似猴子，臂上有橫紋。它看著昌浩的眼睛，閃爍著陰森的光芒。

『找到你啦，方士！』

妖怪發出威嚇的嘶吼聲衝了過來，六合用長布條將它擊退後，驚訝地重複著它的話：『找到你了……？』

被彈出去的舉父，在半空中一個翻滾，高高飛了起來。強烈的妖氣迸開來，一個可怕的巨大影子在舉父背後擴展開來。昌浩大驚失色，那正是——

『窮奇！』

黑影有著大鷲的翅膀、老虎的四肢，黑色與金色的毛豔麗地浮現在黑夜中，銀白色的眼睛射向了昌浩。

『成為我的食物——！』

以舉父為媒介爆發出來的妖力，無疑是來自窮奇，它透過手下的妖怪來誘捕昌浩。

『廢話少說！』

紅蓮震天怒吼，接連放出的紅火焰蛇用力扭擺著撲向了舉父。但是窮奇的黑影隨便拍拍翅膀，火焰蛇就被拍散了。紅蓮的眼中燃起了怒火，金色眼眸逐漸轉紅，圍繞著他的風帶著熱氣，窸窸窣窣搖曳起來，紅色的鬥氣漸漸變成了藍色。

在天空飄浮，俯瞰著紅蓮的舉父，突然看到了昌浩。它微微張大眼睛，赫然注視著他。昌浩感受到冰冷的視線，全身僵硬了起來，體內深處彷彿鉛塊遇熱熔化般翻攪著。

紅蓮覺得不對勁而將視線轉向昌浩時，他已經不成聲地慘叫了起來。

『——！』

昌浩搔著喉嚨、揪著胸口，劇烈喘著氣，灼熱的疼痛流竄全身，心肺受到壓迫，彷彿就要被冰冷的手指緊緊捏碎了。

他無法呼吸，心臟劇烈疼痛，左胸的傷口有如針刺，五官的感覺全消失了。

舉父看著倒下來痛苦掙扎的昌浩，片刻後，發出了高亢的嘲笑聲。

『你竟然……！』

『昌浩？』紅蓮被突發的狀況嚇得臉色發白。

舉父幸災樂禍地告訴紅蓮。

『這個方士把我的咒縛背在身上啦！』

正要衝向昌浩的紅蓮停下腳步，抬頭看著舉父說：『什麼？』

『愚蠢，太愚蠢啦！硬把詛咒轉移到自己身上，承受我的力量，在生不如死的痛苦中掙扎。』

怎麼可能！紅蓮不相信地看著昌浩。

受窮奇詛咒的是彰子，而代她承受的替身應該是晴明啊！

但是，現在倒下去的是昌浩。六合用長布條裹住不斷掙扎的昌浩，減輕他的痛苦。

『但是，你還活著，而且，掙扎著想壓制詛咒。明知鬥不過我，卻不惜消磨自己的生命。多麼驚人的靈性、多麼罕見的軀體啊！太棒了，愚蠢的方士，你果然……』舉父——窮奇殘忍地接著說：『跟那個女孩一樣，是我最好的祭品。』

『住口，妖孽！』

紅蓮的鬥氣由藍色轉變成純白色，捲起強烈蒸氣，一條銀白色的龍搖擺著身軀，像箭一般飛出去，貫穿了飄浮的舉父。

眨眼間，舉父全身變成了白色火球，燒到連灰燼都不剩了。

以舉父為媒介的窮奇的影子，一陣猛烈搖晃後被吸入了水面。紅蓮的火焰蛇追上去，刺進水面，水面冒出了蒸氣，沼澤的水位逐漸下降，但是水中不見妖魔的影子。

紅蓮握緊拳頭顫抖著。

窮奇不是透過水，而是透過水面把妖怪送出來。那些看似被拖下水的人，其實都是被帶到了水面的內側。他們是成了窮奇的食物呢？還是被窮奇手下的妖怪拿來填肚子了？

不管怎麼樣，窮奇潛伏的地方不是這個世界，而是在水鏡另一面做出來的世界。

只要有水，就可以靠窮奇的妖力連接通路，妖怪們都是經由這個通路來到這個世界，獵捕人類。

『可惡！』

難怪找不到窮奇，因為它根本不在這個國家、這個世界。它把水面當成鏡子，潛藏在另一面，所以連貴船的龍神也找不到它。而那些妖魔們就在鏡子的另一面窺伺這個世界。

紅蓮甩甩頭，回過頭看著昌浩。

窮奇消失後，昌浩慢慢站了起來。滿是汗水的臉變成土黃色，嘴唇也變成了紫色，整個人顯得很憔悴，可見在他體內流竄的痛苦有多劇烈。

昌浩抓著六合披在肩上的長布條，看到停在眼前的一雙腳，緩緩抬起了頭。

紅蓮正用充滿種種感情的熊熊燃燒的金色眼睛，直直俯視著昌浩。

昌浩咬住了嘴唇，他原本想，這件事絕不能讓紅蓮知道。

『為什麼這麼做？』紅蓮用沒有抑揚頓挫的聲音問，昌浩無奈地閉上了眼睛。

紅蓮接著說：『你應該知道，你還沒有成為替身的能力。』

才十三歲的菜鳥，不可能有替人看管整個生命的覺悟與經驗。

一旦失敗，被看管的對象和自己很可能同歸於盡，昌浩應該有這樣的常識。

『昌浩！』紅蓮怒罵。

昌浩的肩膀顫抖了一下，但是他用堅強的眼神看著紅蓮。

『我想做些什麼……』昌浩第一次說出了埋藏在心中最深處的感情。『我想為彰子做些什麼！』

六合默默看著兩人，微微張大了眼睛。

紅蓮沒想到昌浩會那麼說，頓時啞口無言。

『你……』

『我說過我會保護她啊！』昌浩不由得更用力抓緊了長布條。『可是，光用嘴巴說，卻沒為她做任何事，所以……』

他決定要保護彰子，她是這輩子第一個讓他下定這種決心的女孩。

他們約好去看螢火蟲，因為他們相信兩人會永遠在一起，不會有任何變化。

但是，彰子是左大臣家的千金，而自己只是一般家庭的小孩。

她很快就會去一個遙不可及的地方，他既不能再呼喚她的名字，也聽不到她的聲音了。只有現在，還能叫她彰子；也只有現在，還能聽到那清澄的聲音呼喚自己的名字。

『就算是這樣……就算是這樣……你也應該知道，承接詛咒會怎麼樣吧？』

紅蓮猛地站起來，握緊了拳頭，昌浩默默點了點頭。他的心情，紅蓮再清楚不過了，但是對紅蓮來說，昌浩本身比那種心情或任何東西都重要。而昌浩在歷經貴船那件事後也切身感受到，紅蓮會捨棄任何一切，選擇他。知道他承接了彰子的詛咒後，紅蓮甚至可能破解這個法術，讓所有詛咒都回到彰子身上。為了他，紅蓮會不惜犧牲一切。

昌浩搖搖擺擺地站了起來。

『我知道……很難過，會痛得難以忍受，有時甚至想死了算了。』昌浩瞇起了眼睛。『但是，所有痛苦都是彰子平安無事的證明，所以我可以忍。』他隨時可以感受到她還活著，沒有被妖怪攻擊。『我再也不要看到她受苦的樣子了，所以我想盡我所能去做，如果可以全部承擔，我就全部承擔。』

因為彰子救過他很多次——當他第一次與窮奇對峙時、被鳥妖攻擊時，還有在貴船差點死掉時，都是她給的香包維繫了他的生命。

昌浩從衣服上握緊了掛在脖子上的香包，說：

『我要打倒窮奇，不管它在哪裡，我都會揪出它，除掉它。』

他這麼做，不為任何人，只為了彰子。為了讓她好好活著，得到幸福；為了讓她不受任何威脅，脫離所有折磨。

『所以，紅蓮，請你協助我。』

紅蓮沒有回答。昌浩承受著連最親近的小怪都無法想像的痛苦，卻毫不後悔，他的心意已經如此堅定了。紅蓮保持沉默，用嚴厲的眼神看著昌浩。

沉重的氣氛壓在昌浩雙肩上，他第一次害怕聽到紅蓮的答案。

不知道過了多久，紅蓮終於打破漫長的沉默，深深嘆口氣說：

『既然你都這麼說了，我能怎麼樣呢？』

昌浩這才露出安心的表情，放鬆了全身力量。

瞬間，紅蓮的身高變成了嬌小的小怪。昌浩低頭看著它，用狼狽的聲音說：

『小怪，你那麼擔心我，我卻瞞著你，對不起。』

小怪賭氣似地斜斜站著，瞪了昌浩一眼，縱身跳到了他肩上。

『快點回家睡覺啦！』

昌浩聽出它話中充滿了火藥味，哭喪著臉對它笑了笑，小怪的尾巴啪地打在他臉上，打得他直喊痛，但是小怪甩都不甩他。

六合從昌浩手中抽走長布條，在心中暗唸著：

這種年紀就有了這種覺悟啊，真不愧是晴明的接班人。

回到家後，昌浩一頭鑽進了棉被裡。

小怪等他躺下後，就去了晴明房間。晴明似乎早已料到小怪會來，坐在面向庭院的走廊上，看著剛剛爬上東方天際的弦月。小怪在他身旁坐下來，跟他一起看著月亮。

『他說話愈來愈像大人了吧？』晴明看著月亮，微微笑了起來。

小怪像吃了火藥似地，半閉著眼睛說：『你那孫子就是嘴巴會說而已。』

『孫子啊？』晴明忍俊不住地看著小怪。『你只叫昌浩一個人孫子呢！』

『當然，只有他有當「孫子」的能耐，只是他沒有自覺。』

小怪搖搖長尾巴，甩甩耳朵。

『晴明，我不懂什麼人類社會的政治，誰出人頭地、誰嫁給皇上，都與我無關。』

晴明點點頭表示理解，因為小怪的本尊紅蓮本來就是價值觀與人類大不相同的神之眷族。

小怪緩和了語氣，接著說：『但是，現在我很想毀了這件事。』

因為它不忍心看到昌浩那樣的表情、承受那樣的痛苦。

晴明盯著小怪，眼睛眨也不眨一下，一副很想說什麼的樣子。

『這樣啊……』

『是啊，但是我知道不能扭轉既定的命運。』只要星星有所移動，結果就會改變，但是彰子入宮是她與生俱來的命運。『剛開始我甚至想為了那小子，強行扭轉命運。』

晴明還是一副很說什麼的樣子，可是只默默點了點頭。

月亮上升了，圍繞周遭的各種命運之星，那之後沒有再移動過，依然燦爛閃爍著。

11

十月了。

昌浩還是請假沒出仕，追查窮奇等妖怪的下落。他已經知道窮奇它們如何把人類抓走，就是把水面當成鏡子，再把獵物拖進鏡中的世界。那麼，它們到底躲在哪裡呢？那麼多的妖怪瞬間消失了，連高龗神都查不出它們的下落。唯一能想到的原因只有兩個：一是它們躲藏的地方十分遼闊，二是通往那地方的路有窮奇的強大妖力。

雖然窮奇在勢力爭奪戰中被擊敗了，但是妖怪們不但沒有背叛它，甚至還會為它犧牲自己，由此可見窮奇的力量之大。那股驚人的妖力，大到可以強行做出它們潛伏的空間。昌浩問小怪和六合，十二神將有沒有可能做到那種事？兩人的回答都是不可能。

『誰做得出那種超乎尋常的事啊！』

『我們又不是全能。』

他們只是神將，不是神，就算是神也非全能。昌浩想起被異邦的妖影囚禁的貴船龍神，覺得有道理。

他看著平安京的地圖思考著，失蹤者應該都是靠近水邊，被拖了進去。

『河川或渠道會不會有問題？』昌浩拿地圖與至今蒐集的資料比對，提出了幾個可疑的地方。

站在一旁、把前腳跨在矮桌上看著地圖的小怪，伸出銳利的爪子，指出了發生神隱事件的地點。『大致上就是這裡、這裡跟這裡吧？』

『嗯、嗯。』

昌浩照它所說用筆做了記號，地點將近八十多處。從第一次神隱事件發生到現在已經兩個月了。有時一晚會失蹤兩、三個人，所以儘管不是每天，發生頻率還是太高了，而且那些人恐怕都已經沒命了。

小怪突然將視線轉向了庭院，安倍家也有一個小小的水池，昌浩小時候曾經差點摔下去。『如果沒有晴明，這裡說不定也很危險。昌浩，為了安全起見，叫露樹不要接近水池。』

『啊，對哦！嗯。』

想到前幾天遇到的妖怪，昌浩從矮桌上的書堆裡抽出一本《山海經》，翻找那隻被六合稱為『舉父』的妖怪相關記載。

『找到了。』

書中記載：其狀如禺而文臂，豹尾。⑥

他不曾仔細觀察過至今大舉入侵的妖怪們，說不定它們各自都有各自的名字，只是他沒有餘力注意那麼多，所以把它們通稱為異邦的妖影。

舉父瞬間就被紅蓮殺了，不是被平常的紅火焰蛇所殺，而是被閃著銀白色光芒的火焰龍所殺。紅色鬥氣變成藍色、再變成白色的樣子，令人歎為觀止。

昌浩伸出手來，在歪著頭看地圖的小怪頭上亂抓了一把。

『幹嘛？』

『小怪，你的力量好像更強了呢！』

目瞪口呆地盯著昌浩的小怪，夕陽般色彩的眼眸變得柔和，說：

『那是我原有的力量，我打算這幾天再請晴明幫我封印。』

『為什麼？』

『不為什麼，我也有我的苦衷啊。』小怪戲謔地回答後，用後腳抓抓耳後，然後停下來，有些擔心地問：『你的詛咒怎麼樣了？』

昌浩嘴角浮現微笑，把視線投向了日曆，今天是戊子⑦。

為了提升靈力，他每天都有修行，所以感覺不像剛開始那麼痛苦了。他不知道直接面對窮奇時會怎麼樣，但是只要沒有直接影響，都還承受得了……應該承受得了。

『我沒事……差不多快結束了吧。』

小怪很清楚昌浩這句話的意思，沒說什麼，抬頭看著南方天空。

那是藤原家東三条府的方向，晴明一大早就去了那裡，瞞著所有人施展保護法術。

左大臣家的長女藤原彰子，正在那裡舉行盛大的裳著儀式。

入宮日期是十一月一日，不到一個月了，得加快腳步才行。

但是，昌浩又依依不捨地看了一下天空，無奈地眯起眼睛，彷彿試圖甩掉感傷般搖搖頭後，重振精神看著地圖。

此時，東三条府的裳著儀式順利結束，接著展開了熱鬧的慶祝宴會。

彰子太過勞累，已經回對屋休息了。她依然微燒不退，今天也是帶病參加裳著儀式。

藤原道長溜出宴會，來找坐鎮渡殿的晴明。

『晴明，有沒有異狀？』

『不用擔心。』

自從昌浩承接了詛咒後，彰子沒有再受到妖怪襲擊，因為妖怪是仰賴詛咒而來的。只要她躲在結界內不離開，隨時淨化瘴氣，妖怪們就很難出手了。

藤原大人用扇子遮著嘴角，壓低聲音說：『占卜結果還是沒變嗎？』

晴明沉重地點點頭說：『很遺憾……』

『這樣啊……』

藤原道長臉色抑鬱，嘆了一口氣，看著女兒住的對屋。緊閉的板窗和竹簾前，朦朧地浮現出燈台的光線。再過不到一個月，女兒就要入宮了，但是她身上的詛咒卻還沒解除，歪斜扭曲的醜陋傷痕還在她右手背上，就是最好的證明。

擁有當今第一大權力的藤原道長，低頭看著他最信賴的大陰陽師，下定了決心。平常的他是充滿自信的精悍相貌，但是今天的他，臉上卻流露出赴死般的悲壯表情。

『那麼……』

晴明深深低下頭，確實接下了藤原道長所下的命令。

彰子舉行裳著儀式後，已經過了兩個禮拜。

每當夜幕低垂，昌浩就在京城內四處奔波，繞巡所有發生過神隱事件的水畔。

但是，貴族的宅邸不能隨便進入，所以他只能爬到圍牆上，親眼確認現場。

找著找著，昌浩突然產生了一個疑問：妖怪們究竟是從哪兒消失到鏡子的另一面呢？

『啊？』小怪最初無法理解昌浩所說的話，冷不防地反問他。

昌浩又說了一次。

『我的意思是，它們是從哪裡去了鏡子的另一面呢？貴船並沒有躲得進去的湖或池子，而且那麼多妖怪在那麼近的地方成群跳進去，高龗神應該會發現吧？』

高龗神畢竟是龍神、也是水神啊！昌浩在心中默唸著，沒有說出來。要不然，萬一傳入高龗神耳裡可就不得了了。

坐在昌浩肩上的小怪沉吟了一下，說：

『原來如此……那就是那麼多妖怪可以同時進去的水面囉……』

他們正好來到了右京西側，昌浩遙望著愛宕山。現在是十月中，所以將近滿月的月亮高掛在天際，明亮得拉長了影子，視線比平常還清楚。

『大水池的話……那邊就有個廣澤池。』

廣澤池比愛宕山更接近京城，離貴船山並不遠。昌浩思索著，如果叫車之輔來，到廣澤池應該不會花太多時間。但是，另一個想法推翻了這樣的念頭。現在是分秒必爭的時候，必須掌握線索，確定到了那裡一定可以找到妖怪，否則盲目行動只會浪費時間。

『這種時候，最好是對方主動找上我們。』

正當他唸唸有詞時，突然從某個地方冒出了怪聲。

『孫子，你來得正好！』

昌浩帶著不祥的預感回過頭去，小怪也從昌浩肩膀跳了下來。

昌浩遙望路的盡頭，確認自己所在的位置。

這裡靠近押小路和宇多小路，是住家寥寥無幾的右京郊外。據說這一帶失蹤了四十多人，大多是沒有什麼身分地位的市井小民，其中也有無賴和乞丐。右京幾乎沒有貴族宅邸，市場也已荒廢，愈往西走住家愈少，也愈來愈荒涼，所以最近妖怪特別多。

除了上次那隻巨大的地蜘蛛外，其他至今從未見過的妖怪，也開始頻繁出沒。

昌浩盯著押小路，陷入了沉思中。愛宕山外也是迤邐延伸的日本領土，窮奇它們是經由哪兒從異邦來到這裡呢？是從大陸經由對馬島和壹岐島而進來的嗎？

『來了……』小怪尖聲說著。

昌浩慌忙從混亂的思緒中回到了現實。一群小妖從月光照射下的押小路盡頭逃了過來，它們從大老遠就看到了昌浩，可見視力相當不錯。小妖們死命地跑著，好像後面有什麼東西追著它們。昌浩和小怪定睛凝視著群妖後面，看到了某種巨大的東西。

吹起了西風，昌浩覺得風中帶著陰森的氣息，全身起了雞皮疙瘩。

這個氣息很熟悉，跟異邦的妖影不一樣，和平常遇到的妖怪也不一樣；是棲息在這個國家，但他從未見過的妖怪的氣息。

『是大蜘蛛？』

不，小怪斷然否定了。視力遠比昌浩好的小怪，突然瞪大了眼睛。

『那是……蜈蚣！』

巨大的蜈蚣像反應小怪的話似地，浮立著又長又大的軀體，咔喳咔喳地舞動著很多隻腳。小妖們拚命跑，大蜈蚣在後面拚命追，昌浩趕緊向後退。

『它幹嘛追你們啊？』

小妖回答得簡潔有力：『誰知道？』

『說得也是。』

小怪悠哉地點點頭，昌浩轉向右後方大叫：『你還這麼悠哉！』

別開玩笑了！現在可不能像上次對付大蜘蛛那樣浪費時間，得趕快把異邦的妖怪揪出來才行，沒時間對付這種來歷不明的傢伙了。

昌浩決定棄敵逃跑，但是有東西拖住了他，他的腳像生了根般動彈不得。小妖們啪噠啪噠從他旁邊逃之夭夭了，不一會兒，昌浩就覺得背後有股溫濕黏稠的逼人妖氣。

『稚嫩的小鬼！』

一陣閃電般的衝擊掃過昌浩頭頂。他緩緩轉過身來，咕嘟嚥下口水，與大蜈蚣對峙。蜈蚣摩擦著多達數百雙的大腳，發出類似波濤的魔音傳腦聲，怪異的臭味刺激著鼻子，使得昌浩皺起了眉頭。

蜈蚣用黑光閃閃的眼睛盯著昌浩，一副張牙舞爪的樣子。

有東西啪噠掉下來，是蜈蚣從嘴裡吐出來的東西。昌浩正要看個仔細時，被小怪制止了，小怪自己靠近了那個東西，看出了那是某個東西的腳。

『是妖怪的腳啊……』小怪喃喃說著。

蜈蚣磨蹭著無數多的腳，表示肯定。

『孩子啊，你就是受貴船加護的人嗎？』

昌浩默默點了點頭，蜈蚣的眼睛瞬間閃過光芒，一股陰氣掠過了昌浩的背脊。最近漸漸鎮壓住的窮奇的詛咒在肌膚下蠕動著，心跳加快，好像有什麼東西揑住了心臟。

『因為異邦的妖影……因為它的關係，可怕的黑暗出現了徵兆。』

『咦？』

『再不殲滅妖孽……黑暗就要覺醒了……』

蜈蚣扭動又長又大的身體，就那樣消失在黑暗中了。

小怪仔細巡視周遭，並沒發現蜈蚣的同伴。被追著跑的小妖們躲在陰暗中，只露出臉來偷看著狀況。

昌浩周遭佈滿了濃密的妖氣，但那只是殘餘的妖氣而已，因為將昌浩的腳固定在地上的壓迫感已經消失了。他大大喘了一口氣，茫然地想著：

『可怕的……黑暗？』

大蜈蚣沒再出現了。

小妖們並未遭到攻擊，只是被突然出現的蜈蚣嚇得抱頭鼠竄而已。

『簡直是找麻煩嘛。』

昌浩嘀嘀咕咕抱怨著，抬頭望向西方天空，看到愛宕山的黑色山影聳立在藍色天際中。他抓住小妖仔細盤問，知道蜈蚣是來自西邊後，怎麼樣都無法釋懷，吹口哨把車之輔叫來，前往離平安京有段距離的廣澤池。

過了廣隆寺，前往大覺寺途中的廣澤池，有種種幽靈傳說和妖怪傳說。所以連大白天都沒人敢靠近，池子周遭圍繞著蒼鬱的樹木。

昌浩讓車之輔在附近等著，撥開比自己高的草叢往前走，視野很快變得寬闊起來，來到了水面一片黑暗的水池畔。昌浩仔細觀察周遭動靜，這地方原本有很多駭人聽聞的傳說，所以飄蕩著妖氣或靈氣也不足為奇，然而他卻完全感覺不出這些東西的存在。

跟昌浩一樣觀察過環境的小怪，不解地皺起了眉頭說：

『淨空到這種程度，也太不自然了。』

才說完，原本沒有一絲漣漪的水面就掀起了波紋，一圈圈向外擴散開來。不久後，水池中央出現了一個大黑影，在月光照射下閃閃發亮，有著黑色與銀色的紋路，一雙大鷲的翅膀收在背上，銀白色的眼睛流露喜悅，瞇成了一條線。

但是，完全感覺不到它的氣息，只有身影在那個地方。

昌浩瞥了一眼窮奇腳下，倒抽了一口氣。他看到窮奇在水面下，以水面為軸上下相對稱，映照在水鏡中的窮奇八成才是本尊。因為它存在於鏡中，所以妖氣不會傳到這裡來。但它也不是在水中，所以水神高龗神也感覺不到它的存在。

『方士啊，我們來談個交易吧？』

『你說什麼?!』

小怪聽到昌浩突然大叫起來，驚訝地看著他。

『昌浩，怎麼了？』

『咦？剛才……』

『我說的話只有你聽得見……方士啊，那個詛咒總有一天會要了你的命。』昌浩狠狠瞪著窮奇，絲毫不為所動。『你不信？我說的可是實話哦！那個詛咒正一點一點侵蝕著你的身體，鶚和鵔就是透過它們的爪子，埋下了這樣的詛咒。』

不過，原本會死的是彰子。

窮奇低聲嘲笑的話語讓昌浩的感情逐漸沸騰起來，但是又被理性強壓了下來，他用淒厲的眼神看著窮奇，說：『我會在那之前擊敗你！』

小怪交互看著昌浩和窮奇，發現窮奇正以它聽不見的聲音跟昌浩對話，於是擺出備戰姿態，嚴陣以待。

『方士啊，你再考慮一下吧。那個詛咒勢必會殺了你……跟我談個交易吧？』

昌浩的眼神更加嚴峻了。

『為了彌補我還沒恢復的妖力，我需要那個女孩。不過，你也行，你的力量、靈魂

的靈性，都是難得一見的極品，把你的血、肉都獻給我吧。』

窮奇張牙舞爪，漂浮著影子的水面掀起了好幾道波紋。

『我不會殺死你……我捨不得你的力量，我會讓你活著當我的部下。』

『什麼?!』

這個意外的發展令昌浩張口結舌。窮奇又說：

『來吧，我要你幫我殺了那隻大妖，殺了那個可恨的仇人九尾！』

窮奇咆哮起來，銀色的毛變成了金色，低沉、猛烈而瘋狂的咆哮聲震盪了水面，把影子從失去鏡子效用的水面攪散了。應該是在水鏡另一面的大妖魔也同時消失了蹤影，只剩重重的回音在昌浩心中繚繞著：

『來當我的部下吧，我會實現你的願望……』

昌浩握緊了拳頭。他沒有需要窮奇幫他實現的願望，根本不可能有，因為他的願望就是殲滅窮奇，除此之外……撲通，心臟突然劇烈跳了起來，昌浩的血液忽然從頭部往下竄，詛咒的感覺湧上心頭，很快在肌膚下擴散開來。

願望……任何願望都可以嗎？

可怕的意念在昌浩心中迸開來，因為太過可怕，所以他趕緊甩了甩頭。

小怪跳到他肩上，擔心地看著他。

『喂，昌浩，你臉色很蒼白呢，振作點啊！』

昌浩連眨了好幾下眼睛，回看小怪，覺得喉嚨又乾又渴。他伸出逐漸變冷的手抱起小怪，把臉貼在它白色的背上。

『昌浩，你怎麼了？窮奇究竟……』

『沒什麼。』昌浩含糊地回答，手臂使了使力，說：『沒什麼……』

小怪憑直覺知道一定發生了什麼事，但是恐怕再怎麼問，昌浩都不會告訴它。於是，它的視線在空中游移，無聲地詢問隱形站在昌浩後面的六合。

六合現身了，但也只是默默搖著頭，因為他也沒聽到窮奇的『聲音』。

沒多久後，昌浩抬起頭來，一副什麼事也沒發生過的樣子，轉過身去。

『回家吧，這裡什麼也沒有。』

窮奇的影子消失後，廣澤池只剩下樹木環繞的寂靜。但是轉過身去的昌浩，又回過頭來看了水面一眼。那個水鏡夠大了，大到足以映照出窮奇和所有妖魔。

——就是那裡了。

昌浩抬頭看著西斜的月亮，喃喃說著。

詛咒會侵蝕全身，最後要了他的命。他早就知道會這樣。並不是窮奇的話震撼了他，而是從那樣的折磨、痛楚排山倒海而來的那天起，他的本能就讓他有了這樣的領會。

每次睡覺時，他都會想，說不定再也醒不來了。日子一天天過去，痛楚也傳到了身體最深處，現在經常在身體中心鑽動著，不斷消磨他的力氣與體力。然後，他會像知覺麻痺般，連痛楚都感覺不到了。

不快點不行，身為替身的這條命，已經沒剩多少時間了。

昌浩邊走向車之輔等著的地方，邊在心中暗自下了一個決定。

小怪的陰陽講座

⑥《山海經》原文如下（見〈西山經〉、〈西次三經〉，舉父）：『崇吾之山，有獸焉，其狀如禺而文臂，豹尾而善投，名曰舉父。』

⑦戊子：曆法中以甲、乙、丙等十天干與子、丑、寅等十二地支兩兩相配，用來計算時日。

12

十月底，時間剛過酉時。

安倍晴明和小孫子昌浩去內覽藤原道長的宅邸東三条府拜訪。

藤原家的長女彰子明天就要入宮了，所有準備都已完成，日常用品一應俱全，陪嫁的四十名侍女也都底定了。

『彰子會進入飛香舍，成為藤壺女御⑧。』

藤原道長心情好得不得了，彰子幾乎快痊癒了。一個月前，他已為彰子舉行過盛大的裳著儀式，打算在中宮定子生下皇子前，將女兒送入宮中。

現在唯一的遺憾，就是還沒解除妖怪在彰子身上所下的詛咒。

最近晴明幾乎天天都來東三条府，好像是關於彰子入宮，有很重要的事要跟藤原道長商量。今天來訪，昌浩也只是多餘的跟班，即使他不來也不會有什麼問題。但是藤原大人希望昌浩也能來，所以他只好來了。其實，他完全不想來，因為他有非去不可的地方。彰子明天就要入宮了，只剩下今天晚上了。

昌浩坐立難安，正想著非在天黑前離開不可時，藤原大人突然把話題拋給了他。
『昌浩，聽說你最近請了長假，很久沒出仕了？』
『嗯……是的，明天或後天就可以出仕了。』
藤原大人聽出他話中的含意，綻開笑容說：
『哦，那麼，你的意思是今天晚上會解決囉？』
昌浩沉默以對。
晴明回頭看看他，命令他說：『昌浩，你去看看彰子怎麼樣了。』
昌浩一時聽不懂晴明在說什麼，晴明又很有耐心地重複了相同的話。
『我要你去看看彰子怎麼樣了，我有話跟大臣大人說。』
哦，昌浩總算聽懂了，晴明的意思是他最好不要在場，大概是有國家大事要跟大臣大人談吧。不，應該是大臣大人有事找他商量吧，因為大臣大人一直很依賴晴明的占卜術。
昌浩一鞠躬，離開了寢殿。
晴明等看不到孫子的背影後，才向大臣大人使了使眼色。藤原道長立刻會意過來，收起扇子，命令所有侍女退下。徹底清場後，晴明才靠向大臣大人，壓低嗓門說：
『大臣大人，事情辦得怎麼樣了？』

『放心吧。』

晴明沉重地點了點頭。

昌浩一步步走在連接東北對屋的渡殿上，感慨萬千地環顧四周。

以後再也沒有機會走這條通往對屋的路了，因為彰子離開後，就不需要驅魔的結界了，不需要結界，陰陽師就沒有理由來了。

走到渡殿中途，小怪突然停下了腳步。走在前面的昌浩發現它停下來，不解地回過頭說：『小怪，你怎麼了？走啊。』

但是小怪緩緩搖了搖頭，說：

『我就不去了，我沒什麼話跟她說，我在這裡等你。

好了，你快去快回吧！

它揮揮前腳催促昌浩，自己就地坐了下來，然後扭扭脖子，一副很疲憊的樣子。昌浩看到它那個樣子，以為它是想乘機小睡一下，就自己一個人走向了對屋。

彰子已經行過成人禮，所以不能像以前那樣直接面對面。昌浩經過圍繞對屋的外廊走向她平常生活的東側。太陽快下山了，所以視線有些昏暗，只能仰賴從正屋照出來的一點燈台的亮光。

昌浩轉彎後，突然停下了腳步。東側的板窗拉上來了，竹簾前面有人的氣息。冬天冰冷的風吹來了伽羅香，那是昌浩熟悉的味道。

他瞇起眼睛，繼續往前走，在往上拉的板窗前跪坐下來，隔著竹簾探視廂房的狀況。從正屋可以看到外面，但是，從外面看不到裡面的樣子。

昌浩聽到衣服摩擦的沙沙聲，立刻在外廊上趴下來，行禮致意。

『您明天就要入宮了，恭喜您。』

說完公式化的賀詞後，昌浩就沉默了下來，想不出什麼知心話，也抓不到即興吟誦詩詞的時機。氣氛凝重，潛伏在體內的詛咒蠢蠢蠕動，他很怕會影響到彰子的身體，心想最好趕快離去。

沒多久，竹簾內響起了清澈的聲音：『好久不見了。』

昌浩抬起頭，微微笑了起來，總覺得好久沒聽到這個聲音了。上次聽到這個聲音，是在一個月前了。這個令他懷念的聲音，跟殘留在他耳際的聲音分毫不差。他還以為裳著儀式後，她的聲音會變得比較成熟呢。

竹簾被風吹得微微搖晃。

『昌浩，你好像瘦了呢。』

昌浩困擾地猶豫了片刻後，慎選言辭，開朗地回答：

『我每天晚上都在外面跑，所以可能少了一點肉……不過我在床上躺了很久，缺乏運動，所以正好……』

『那就好。』

聽得出她只相信一半，昌浩可以想像她現在是怎麼樣的表情。

突然，彰子的語氣變得很沮喪。

『之前你說隔著竹簾也看得很清楚，你騙人。』

現在你就看不見我吧？她說。

昌浩先是一驚，然後苦笑了起來，想起之前她氣呼呼地埋怨的樣子。

——看不清楚對方的臉，好麻煩哦。

她說要直接看著對方，才能把自己想說的話傳達給對方，也才能理解對方想說的話。

『不行哦，從今以後，只有皇上能跟您面對面。』

啊，對了，也只有皇上能叫她的名字。

『我不該這樣跟您說話，希望大小姐寬大為懷，原諒我。』

昌浩連口氣都變了，用的是他不熟悉的措詞，充分展現他出仕後學到的公式化禮儀。

一陣沉默後，咔噠，響起了什麼東西掉落的聲音，竹簾突然搖晃了起來，昌浩從縫隙中隱約看到了手掌的陰影。是彰子放開了手上的扇子，用手觸摸著竹簾。

『我是彰子……』

她的聲音微微顫抖著，昌浩大驚失色。

『我是彰子，不要叫我大小姐，我是彰子啊！昌浩……』

昌浩仰天長嘆，整顆心糾結了起來。某種溫暖、發癢又帶點無奈的東西，縉綣在心底深處。第一次聽到這句話，是很久以前了。枉費他拚命想對她行臣子之禮，枉費他這麼努力遺忘……距離還是沒變，跟以前一樣，只有那片竹簾，像銅牆鐵壁般隔開了他們。這樣的距離，只要他們想，就能碰觸得到，但是他們再也不能這麼做了。

昌浩悄悄伸出手來，隔著竹簾，與彰子的手疊在一起。透過竹簾，可以感覺到彼此的體溫。現在，那是唯一真實的東西了。

『……螢火蟲……』

彰子沒能把話說完整，昌浩嗯一聲，點了點頭。是的，他們約好了，明年夏天一起去看螢火蟲，還勾了小指。那時候沒有竹簾，他親眼看到了彰子開心微笑的臉龐。

為了即將進入後宮深處的藤壺主人，昌浩隔著竹簾與彰子的手重疊，閉上眼睛，邊回想著那天彰子的臉，邊讓貴船夏天的景致烙印在眼底。

『我會讓妳看到，一定會……只要妳不介意那是幻影。』

他要讓螢火蟲的群舞浮現出來，只要他學會曠世絕倫的法術，即使相隔遙遠，也能把那樣的景色傳送給她。

『現在還做不到，但是總有一天一定可以。』

彰子沒有回應，但是響起了衣服的摩擦聲，昌浩知道她點了頭。

然後，彰子壓低聲音說：『寢宮裡有很多妖怪吧？』

她有超乎常人的陰陽眼，所以以寢宮為巢穴的妖怪們，勢必會靠近她，其中可能會有不懷好意的。她會成為異邦妖影的目標，就是因為她的力量太誘人了。

皇宮裡有太多人的意念盤據，負面情感不會消失，會像沉澱物般不斷沉澱累積。那地方看起來華麗，卻有很多黑暗的東西在那裡蠢動著。而狀況最嚴重的就是後宮，女人們爭寵的愛恨情愁既淒厲又可怕。說不定凝結的怨恨對她的侵襲，會遠比詛咒還強烈。

『但是，我不會有事的。』她在竹簾前笑了笑。『因為，昌浩，你會保護我吧？』

昌浩是大陰陽師安倍晴明的繼承人，曾經解除了貴船的咒縛，將她的堂姐從異邦的妖怪手中救出來，還答應過她會保護她。

昌浩微微動了一下嘴唇，想說什麼，但是又改變了主意，闔上嘴笑了笑。

『嗯……』他低下頭，斬釘截鐵地說：『我會保護妳。』

他告訴彰子，他不但會保護她，還會保護她周遭所有人。

然後，總有一天，她會生產，他也會保護她生下的皇子。

『我會永遠保護妳。』

只要他活著，就會永遠保護她和她所愛的人。

彰子聽到他這麼說，露出了幸福的微笑。她可以從竹簾看到昌浩的臉，但是昌浩看不見她的臉，所以昌浩絕對看不到不斷從她眼睛流下來的淚水。

『我相信。』

隔著竹簾相疊的手是那麼的溫暖，他們絕對不會忘了這份溫情。

小怪坐在渡殿上，看著昌浩。

有些願望，不論怎麼祈求，都不可能實現。

縱然知道無可奈何，還是覺得太殘酷、太悲哀了。
小怪痛切感覺到自己是多麼無力，只能默默看著。

✦ ✦ ✦

在水鏡的另一面，窮奇緩緩張開了眼睛。
來了……獵物就要來了。那個身懷詛咒、幼稚、愚蠢的方士，就要來了。
窮奇站起來，在周遭待命的妖怪們都把視線投向了它。它環視所有部下，張牙舞爪地說：『時候終於到了。』
因為吃了人肉、喝了人血，它的傷口已經癒合了。接下來，為了恢復被削減的力量，必須吃那個方士的肉。吃完後，被九尾所傷的地方就會徹底痊癒。
自從貴船的咒縛被破解後，窮奇就在水鏡內側打造了一個異世界，躲在那裡面捕捉獵物，迫不及待地等著時機到來。
這裡是窮奇用妖力編織而成的詭譎空間，它可以憑自己的意念改變這個空間的形態。
『去迎接他……要很隆重。』

這是個表裡不一致，含有侮蔑意味的命令。一隻怪物主動站出來了，狀似白羊，有四支尖角，四肢前端的蹄裂成了兩片。

『是土螻⑨啊……』

有四支角的『羊』閃爍著褐色眼睛，向主人一鞠躬後，沉入了土中。其他妖怪們也像呼應它似地，從四面八方一溜煙散去。

異邦大妖魔窮奇大大張開了背上的翅膀，用力拍打，慢慢颳起一陣妖風，並且漸漸擴散開來，填滿了整個異世界的空間。

時而像波紋般搖曳的暗紅色天空，籠罩著黑灰色雲層。深紅色的閃電，從處處龜裂的大片雲層的縫隙擊落下來，然後，窮奇就出現在好幾棟宅邸林立的市街上了。

它骨碌地轉個方向，消失在聳立一角的巨大建築物中。

✦ ✦ ✦

天色剛暗下來，晴明和昌浩便離開了東三条府，在中途的二条大路分道揚鑣。

昌浩摘下頭上的烏紗帽，鬆開髮髻，用手梳梳頭髮，紮成一條馬尾。

『爺爺，我走了。』

昌浩沒說去哪兒，晴明也沒問，只拿過他的烏紗帽，默默點了點頭，就回家去了。

昌浩和小怪等天更黑了以後，才把牛車妖怪『車之輔』叫來。

『車之輔，往南！』坐上車後，昌浩撥開前面的簾子大叫。

京城裡的人都怕『神隱』，一到黃昏就躲進家裡，緊閉大門，斂聲屏氣，等待著黎明。浮現在灰藍鬼火中的牛車，在安靜得像廢墟的平安京中奔馳著，很快便出了京城，渡過加茂川，繼續往前奔馳。

小怪這才猜出了昌浩的目的地。

『你要去巨椋池？』

昌浩無聲地表示它猜對了，因為車之輔正全力奔馳在顛簸不平的路上，所以不能隨便開口說話。在直接承受嘎噠嘎噠劇烈震動的車上，昌浩遙望著還看不見的巨椋池。

平安京是四神相應的地方，而巨椋池是四神中的朱雀⑩，與貴船山隔著京城遙遙對望。這麼一個大湖，一定可以讓異邦的妖怪同時消失在水鏡的另一面。

『他們不是躲在城內，而是遠離京城，潛伏在水鏡中。』

京城內到處發生神隱事件，只要有水，窮奇的力量就無遠弗屆。潛藏在異世界中的妖怪就是從穿越水鏡的路徑出現，拖走了很多人。
到了戌時，不斷疾馳的車之輔突然緊急煞車。
『哇啊！』
被摔下來的昌浩和小怪，很快地站起來，踩穩了腳步。他們跳過車轅，四下張望，聞到了混雜在風中的水味，但是離巨椋池還有一段距離。
昌浩覺得有什麼東西從腳下窸窸窣窣地爬了上來，非常不舒服，體內好像有某種東西跟它相呼應，翻攪了起來。是窮奇在呼喚，呼喚他身上的詛咒。
昌浩把嘴巴抿成一條線，抬頭看著天空確認星星的位置，辨別方向，知道巨椋池就在那裡了。
『車之輔，你回京裡去。』昌浩這麼吩咐。
但是車之輔張大眼睛，用力搖晃著車體，表示不願意。
『它說它要在這裡等。』小怪做口譯。
昌浩困惑地皺起眉頭，垂下眼睛思考了一下，訓誡它似地說：
『那麼你就等到天亮吧，如果我沒回來，你就回京城去，好好過日子。』
『喂！』小怪叫了起來。

昌浩苦笑著說：『我開玩笑的啦！』

他拍拍車之輔的輪子，轉過身去。沒有時間了。

明天入宮的行列就會從東三条府出發。綁著五顏六色絲線的牛車，會在許許多多的嫁妝和陪嫁侍女的簇擁中，載著彰子進入後宮。

在那之前，必須做個了斷。

聽到水聲了。徐徐吹來的風帶著涼意，潮濕而沉重。

昌浩和小怪撥開蘆葦，來到了巨椋池池畔。廣大水池的遙遠對岸沉落在黑暗中，看也看不見。昌浩繃緊全副神經，仔細看著水面。不絕於耳的水聲，一波接一波迴盪著。

昌浩向池畔跨出了一步，窮奇絕對已經發現他來到了這裡。

小怪悄悄靠近水邊。

就在這時候，水面高高隆起，水花四濺，白羊率領大批妖怪跳了出來。

『是土螻！』小怪大叫。

土螻的嘶吼聲蓋過了小怪的叫聲，妖怪們一起襲向了小怪。

紅色鬥氣包圍著白色軀體，紅蓮現身了，用火焰層層綁住了妖怪們。

新一批的妖怪再接再厲發動攻勢，把被火燒死的同伴屍體當成了擋箭牌。

渾身不對勁的昌浩也擺好了架式，嚴陣以待，一顆心七上八下。

水面再度隆起，又跳出了另一群妖怪。昌浩正要打出手印時，眼前突然出現一個跟紅蓮不一樣的修長身影。

『六合！』

銀白色的光芒一閃，六合手中的長槍便呼嘯而過，砍倒了所有妖怪。

紅色光芒在昌浩眼前的一角迸開來，那是從紅蓮手中放出來的火焰蛇，把妖怪們咬得粉碎。

水面搖晃起來，昌浩警覺地移動了視線。新的怪物跳出來，濺起水花，直直衝向了紅蓮和六合，好像企圖引開他們的注意力。

沒錯，這就是昌浩渾身不對勁的原因，窮奇的目標不在神將，而是——

冷不防地，冰冷的手指勒住了昌浩的脖子，昌浩大驚失色，看著黑色觸手從水面爬了出來，他確定觸手是來自水面內側。

好幾個黑影悄悄跳出水面，纏繞住昌浩全身，昌浩反射性地叫了起來：

『紅蓮！』

黑影使出驚人的力量，把昌浩抓回了水面。

紅蓮和六合用神氣炸開了妖怪們。

『昌浩！』兩人叫著同一個名字。

紅蓮還來不及思考，手就先伸向了昌浩。但是手指差了那麼一點，抓了個空，昌浩連同黑影一起被拖入了水面。水鏡將他們吞噬了，沒有濺起半點水花。

『等等啊！』紅蓮的火焰蛇張開大嘴衝向了水面，但是連接鏡子內側的路已經封閉，水面裂開來，濺起猛烈的水花，冒出來的蒸氣像濃霧般彌漫著水面。

土螻看到昌浩消失在水鏡中，才開口說：

『沒用的，我們主人打造出來的異世界，沒有人進得去。』

『住口！』

緩緩轉過身來的紅蓮，眼瞳熊熊燃燒著，站在他旁邊的六合長髮隨風飄揚，披在肩上的長布條颼颼翻騰著。

土螻一抬起下顎，巨椋池裡的水就像呼應它似地，被噴出來的瘴氣截成兩半，震撼了紅蓮和六合。無數異形從裂開的池子底下爬出來，幾百雙閃閃發亮的視線，刺向了兩名神將。

大批妖怪在半空中緩緩浮游，接著降落到地面上，團團圍住了紅蓮和六合，用強烈的妖氣恫嚇兩人。它們的妖力參差不齊，從強大到薄弱都有，甚至有幾隻的妖氣不輸給前些日子被殲滅的鳥妖、獤狪。

『你們沒什麼用處，所以主人下令殺了你們。』

妖怪們蠕蠕移動，步步縮短距離，逼向了紅蓮和六合。

紅蓮伸長了手上的火焰戟，六合用左手扯下身上的長布條，揮舞起來。

『原來得擊敗它們，才能去昌浩那裡呢。』

『就算擊敗了它們，你要怎麼去水鏡內側？』六合冷靜地問。

『等收拾它們以後再來想。』紅蓮回以淒絕的笑容。

這樣啊，六合點點頭，瞥了那些妖怪一眼。不管它們的妖力多強大，連萬分之一的勝算都不可能有，因為它們的對手是十二神將中最強的，也就是連冷酷無情的煉獄主人都害怕的騰蛇。但是妖怪們不知道，等它們知道時也已經太遲了。

『可憐的傢伙……』

六合的喃喃自語帶著由衷的憐憫。

暗紅色的天空，飄浮著鐵灰色的雲，時而像水面般搖曳蕩漾。

昌浩恍惚地看著天空，猛然回過神來。黏膩的風吹著，彷彿緊緊纏繞在肌膚上，每吸一口氣，就像有什麼東西沉入心底，漸漸凝結成塊。他撐起了上半身，不禁懷疑自己的眼睛。

『這裡是……』

這裡是某個城市，但是跟他出生、成長的京城顯然大不相同，是個異國城市，櫛比鱗次的奇怪建築物也只有在書籍和卷軸中才看得到。土是灰黃色，異常乾燥。到處都是一攤攤的水窪，讓人心生戒懼。

他慢慢站起來，邊平息撲通撲通猛跳的心臟，邊四下張望，看清楚有沒有敵人。仔細觀察過周遭的動靜後，他跨出了步伐。妖氣彌漫，不知道是從哪兒來的，很自然地融入了空氣中。是的，彷彿妖力覆蓋著這整個空間。

他的感覺漸漸麻痺了。

『這是什麼地方啊……』

他是被黑影拖進來的，就是之前把混混拖進水面內側的那個黑影。那麼，發生神隱意外的人是不是全被帶來了這裡呢？但是異國風的建築物，看起來不像有人住，一片空虛死寂。如果有人，應該會有人的氣息。

突然，眼角有東西晃動。昌浩偏過頭去，看到一個年輕女人從建築物陰影處跑出來，直直盯著自己，衝了過來。那張臉毫無表情，一種似曾相識的感覺閃過腦海。

他向後退一步，調整呼吸，打出了手印。

『嗡阿比拉嗚坎夏拉庫坦！』

那是把被殺害人的人皮披在身上，化身為人的妖怪特有的表情。

女人撲了上來，昌浩的法術化成無數刀刃襲向了她。被割開的皮膚捲曲上翻，露出妖怪凹凹凸凸的表皮。

『果然是……』昌浩咬牙切齒。

那些發生神隱意外的人果然全死了。妖怪們把他們全吃了，只剩下表皮保存，用來偽裝成人類。

突然，他的體內發生了異狀，有東西在體內蠕動，就像胎動那樣，類似心臟的鼓動、但性質顯然不同的波動湧上了心頭。

他覺得喘不過氣來，氣管被塞住了，他壓住喉嚨喘著氣。『呼……哈……』緊接著，毛骨悚然的感覺在肌膚下奔竄，一股寒顫掠過背部，全身起了雞皮疙瘩。昌浩無力地跪了下來，拚命想拉回愈來愈遙遠的意識。

是窮奇的詛咒發威了，如果現在自己放開了意識，這個詛咒一定會回到彰子身上。這個不斷侵蝕昌浩的生命、汲取他的靈力而壯大起來的詛咒，只要回到彰子身上，就會奪走彰子的性命。覆蓋對屋的結界會被破壞，噴出來的瘴氣會抓住彰子，喚來窮奇。

『不可以！』

昌浩這麼大叫時，可怕的『聲音』刺進了他的耳中。

『來當我部下。』

『不要！』昌浩立刻回應，拚命站了起來。

窮奇在哪兒？妖氣的根源就是製造出這個空間的根基。

昌浩定下神來，才發現被很多人包圍了，他們手上都拿著武器，有他從沒見過的大彎刀、刀刃大得嚇人的大鐮刀，和柄上綁著流蘇的直刀。

淒厲的痛楚開始折磨昌浩全身，痛到讓人幾乎會想：乾脆殺了我吧！

一個高大的男人砍向了搖搖晃晃的昌浩，刀刃掠過昌浩的額頭，紅霧散開來，染紅了右眼的視野，昌浩只能靠一隻眼睛追逐那個男人。

男人臉上沒有表情，凹陷的眼窩空盪盪，沒有眼球。

詛咒的騷動減緩了昌浩的動作，瞬間，鐮刀從他僵直的背後砍了下來。

『啊！』

他本能地避開了危險，犧牲了一件衣服和一片薄皮，滾到旁邊，跳了起來。一個披著老人表皮的妖怪絆倒了他，他一個空翻摔倒在地上，一把大刀立刻從他眼前揮了下來，沙土被削得四處飛散。有隻腳踏在他胸上，踩得他肋骨移位，痛徹心肺。

然後，一把直刀揮向他的肩膀，好像要把他釘死在那個地方。

『——！』

他連叫都叫不出來，而且上氣不接下氣，只有嘴巴開闔著，詛咒的痛楚不斷削弱他的力氣和靈力。

他一個人被拖進了這個異世界，被披著人皮的妖怪們凌虐。妖怪不殺他，一定是因為窮奇下了這樣的命令，要把他逼到絕境，讓他失去抵抗力和思考能力，再逼他屈服。

他聽到咕嘟咕嘟的聲音，將視線轉到那個方向，看到化身人類模樣的妖怪們，從路上的一攤攤水窪爬了出來。一個接一個不斷出現的妖怪們，全身啪噠啪噠滴著水，面無表情地看著昌浩。

一大群『人』把手伸向了昌浩，因為他身上的血、肉，甚至一根毛髮，對它們來說都是最好的食物。天、地，甚至這個空間本身，像在水中一樣搖晃起來，扭扭擺擺壓向了昌浩的身體。瘴氣慢慢滲入他全身傷口，更劇烈的疼痛纏住了他的四肢。

『紅……蓮……』

昌浩不由得叫了起來，可是紅蓮並不在這裡，再怎麼叫他也聽不見。

『紅蓮……』

妖怪們團團圍住昌浩，不斷縮小距離，逼向它們的獵物。

昌浩抓住踩在他胸前的那隻腳，從喉嚨勉強擠出聲音來。

這時，一片空白的腦子裡閃過了小怪、彰子和另一個人的身影——爺爺！

『萬魔拱服——！』

瞬間，一道白熱閃光迸開來，吞噬了所有包圍昌浩的妖怪。

躲在巨大建築物深處的窮奇，橫眉怒目，發出了低沉的嘶吼聲：

『可惡……！』

靈氣的奔流穿越雲層直貫天際，跟隨窮奇的妖怪們幾乎都在一瞬間被消滅了。這股極強大的靈力，足以撼動窮奇做出來的這個空間的根基。

但是也因為這樣，窮奇更想得到昌浩的肉體。如果能得到他，妖力一定可以變得比以前更強大，凌駕仇敵九尾。

只要得到昌浩，它就不需要什麼部下了。那麼多的妖怪只會礙事，一點用都沒有

……不，至少還是替它爭取到了一點時間。

窮奇偵查人類世界的狀況。

『只有那麼點能耐……』

以土螻為首的一大群妖怪已經全軍覆沒了。

紅蓮放火燒了堆積如山的妖怪屍體，收起手上的火焰戟，回過頭看著巨椋池。

燃燒的火焰把水面照得通紅，紅蓮瞪著波濤起伏的搖晃水面，瞇起了眼睛。

——紅……蓮……

紅蓮猛地環視周遭，那是……

『怎麼了？』把銀色長槍變回手鐲戴上的六合問。

紅蓮不安地回他說：『昌浩在叫我。』

他銳利的視線盯著水面，咬牙切齒。被他砍死的那些妖怪都沒有能力打開水鏡之

路，只有窮奇可以做出那樣的異世界空間，任意開通銜接人類世界的道路。他們兩人沒有辦法進入那個空間，窮奇也不可能請他們進去。

但是，紅蓮非進入鏡子內面不可，因為昌浩在呼喚他。

他需要的是意志力。

『你等著我……』

他把手掌貼在水面上，集中全副精神，神氣從他身上冒了出來。

他不是在搜尋水中，而是在搜尋窮奇遺留在水面內側的殘餘妖氣。不管多巧妙地消失，妖魔的異質力量都會留下蛛絲馬跡。而且更重要的是……

——紅蓮！

昌浩的聲音連接了原本沒有交集的兩個空間。

水面震盪起來，掀起不自然的波浪，產生了許許多多的波紋，所有波紋交會的水面一角，猛然冒出了瘴氣。

『太令人驚訝了。』六合這麼說，卻不是顯得太驚訝。

紅蓮硬是撬開了通往水鏡內側的路，但是，應該撐不了多久。他翻身跳下了貫穿水面的路。

六合往京城方向瞄了一眼，微微瞇起眼睛，動了動嘴唇，便掀起長布條，跟著紅蓮跳下去了。

鮮血沿著左手啪噠啪噠滴落下來，昌浩用右手壓住肩頭傷口，搖搖晃晃地往前走。剛才的驅魔法術似乎已經耗盡了他的力氣。長期以來，詛咒不斷侵蝕著他體內的靈力。

來到巨大的建築物前，昌浩停下了腳步。莊嚴的建築物，簡直就像皇城。

『儘管來吧……』

昌浩瞇起眼睛，踏入了皇城。

妖氣逐漸增強，他被砍傷的左手幾乎動彈不得了。左手腕麻痺，幾乎沒感覺了。他放下壓著傷口的右手，緊緊揪住了胸前。一縷甜甜的幽香飄出來，沁入了血腥味中。

碩大的門敞開著，昌浩毫不猶豫地走了進去，看到異邦大妖魔正在最深處等著自己。

『窮奇……』撲通，體內的痛楚開始翻騰。只要窮奇活著，這個詛咒就不會消失。

窮奇慢慢靠近昌浩，在離他一丈遠的地方停下來，銀白色的眼睛揶揄地注視著遍體鱗傷的昌浩，張開大鷲的翅膀，張牙舞爪地說：

『方士啊，臣服於我吧。』

『不要。』

心臟每跳動一下，詛咒的痛楚就愈來愈強烈。

窮奇看著他的血啪噠啪噠流下來，瞇起眼睛說：

『我可以實現你任何願望……譬如，幫你把藤原彰子抓來這裡吧？』

昌浩的心臟跳得更快了，臉色驟變。窮奇滿足地看著他的模樣，喃喃說著：

『我可以改變她必須嫁給皇上的命運，切斷那樣的鎖鏈，這裡是由我的力量編織而成的世界，沒有人可以追到這裡來。』

昌浩用凍結般的眼神回看窮奇。

不管任何願望——

『那個女孩也一樣，當我告訴她，可以讓她解脫那樣的命運時，她立刻回應了我的聲音。』

昌浩的眼眸不斷閃動著，揪住胸前的右手似乎緊緊握著什麼。

黑影從窮奇腳下延伸出來，那是從妖力生出來的鏡子般的影子，像水一樣搖曳，掀起一波又一波的波紋，昌浩在那裡面看到了裝扮豔麗的彰子。

為了入宮，她梳起髮髻、穿上唐衣⑪，化了妝，是昌浩不曾見過的模樣。很多侍女侍奉著她，旁邊有個穿著禁色⑫衣服的人影。

『你要讓她嫁給天子嗎？』

突然，鏡子裡的景象變了，出現了啟動詛咒那天的情景。彰子被瘴氣囚困，痛苦掙扎著。成群的可怕妖怪把視線投向她。

景象又變了，他看到自己和彰子穿著從未見過的異國服飾，背景是這個世界。彰子笑著，好像是說了什麼之後快樂地笑著，向他伸出了手，他也回以笑容，握住了她的手……

『這才是你的願望吧？我可以幫你實現。』

昌浩咬住嘴唇，垂下了頭，緊緊握住的右手微微顫抖著。

——中計了！

窮奇嗤嗤地笑著，齜牙咧嘴地向前走。它啪噠啪噠地走到昌浩面前，停了下來，把舌頭伸向了滴滴答答流著血的左手。血的味道果然鮮美，光舔一口，就覺得力量泉湧。

『給我肉、給我血，等我恢復了力量，要抓那個女孩就輕而易舉了。』

來啊！窮奇這麼催促昌浩，卻猛地退後了好幾步。因為昌浩的身體突然釋放出了神氣，它還記得這股神氣，那是貴船龍神的神氣。即使相隔這麼遠，這個孩子還是在龍神的加護中。

『可惡，把我惹毛了！』

窮奇這麼喃喃唸著時，一直僵滯不動的昌浩緩緩抬起了頭。

窮奇殘忍地嗤嗤笑著，不管神賜給了這孩子多少加護，他的意志畢竟是脆弱的，只要兩、三句甜言蜜語就可以得到他了。

『方士啊，臣服於我吧。』

昌浩淺淺一笑，但那個笑臉卻像是在哭泣。

『不要！』

『為什麼?!』窮奇大吼。

這孩子應該很想得到那女孩，它對他說過，只要他願意臣服，它就會幫他把那個女孩抓來，可是他卻如此頑強抵抗，為什麼？

『難道你不想得到彰子？』

昌浩沒有回答，血啪噠啪噠滴落的聲音在高高的天花板間迴盪著。

片刻後，他才畏光似地瞇起了眼睛說：

『因為這裡沒有螢火蟲。』

『什麼……？』

『沒有螢火蟲就沒有意義了。』

他緊緊揪住的胸前，裡面暗藏著伽羅香包，每次都是這個香包救了自己。

他的心確實動搖了，窮奇的喃喃細語恐怖而甘甜，刺激著他的耳朵，它說只要昌浩願意臣服，它就會實現他的願望。

但是，伽羅的香味喚醒了昌浩的記憶。啟動詛咒的那天晚上，彰子不斷重複說著對不起，並不是因為沒有向昌浩求救，而是因為不能信守承諾。所以，他不能把彰子帶來這個沒有螢火蟲的世界。

昌浩不會忘記，即使無法實現，那都是他們最初、也是最後的約定；也不會忘記，當他發誓守護她一輩子時，那一刻的溫存。

『所以，窮奇，我要在這裡打倒你！』

昌浩做出宣言，用右手打出了手印。儘管腦中閃過可能再也回不到那個世界的想法，他還是高喊著：

『此術斷卻兇惡，驅除不祥，急急如律令——！』

傾注全靈的法術使詛咒的痛楚更加劇烈，昌浩的眼前瞬間一片空白，記憶斷絕了幾秒鐘。諷刺的是，竟是窮奇的咆哮喚醒了他的意識。天搖地動的淒厲吶喊化成磅礴的氣勢，襲向了昌浩。莊嚴的皇城出現龜裂，伴隨著轟隆隆的地震聲響開始崩塌。

昌浩單腳跪地，從懷裡抽出了符咒。

『南無馬庫薩曼答波答難・撒拉巴塔拉波咕夏哩耶・哈哩霍拉坎索瓦卡！』

胸口好痛，全身就要粉碎的錯覺襲向了他。

發生了強烈地震，窮奇猛振翅膀，從全身釋放出昌浩不曾遇過的淒厲妖氣。昌浩一陣愕然，原來這就是異邦大妖魔窮奇的本領？自己的一滴血，就讓它復元到這種程度了？仔細一看，它脖子上原本凹陷的傷口已經消失，剛才還閃爍著銀色光芒的毛，已經變成了金色光芒。

『如果你不臣服，我就當場殺了你！』

──然後，把你吃到一片肉、一滴血都不剩。

窮奇的妖氣爆發了，勉強保住外形的皇城被炸得支離破碎，不留任何痕跡。圍繞皇城的市街也陸續遭到破壞，煙霧遮蔽了天空。整個空間搖晃震盪，天空發出紛擾的雜音，頓時風起雲湧，像水面般捲起了波濤。颳起的暴風帶著重量，就像席捲而來的激流。昌浩趴在地上，努力撐著不被吹走。

『怎麼會這樣?!』

沒想到窮奇的力量這麼強大，難怪連高龗神都被它制伏了。恐怕只有天神才對抗得了它，連地神也沒辦法，更何況昌浩只是個脆弱的小孩子，只是個會使用陰陽術的人類。

溫濕的風拍打著臉頰，翅膀振動的聲音刺激著耳朵，昌浩猛地抬頭，發現窮奇的牙齒赫然在他眼前。

『去死吧！』

昌浩發出痛苦的聲音大喊：

『紅蓮——！』

剎那間，銀白色的龍纏住了窮奇全身。才一眨眼，灼熱的風便衝擊了昌浩全身，窮奇的身體陷入了白色火焰中。張大眼睛呆呆看著這一幕的昌浩，身體浮上了半空中，狹隘的視線裡出現了茶褐色的長髮，和被火焰照得金光閃閃的金箍。

『紅蓮……六合……』昌浩吁地吐了口大氣。

他還來不及問他們是怎麼來的，紅蓮就先在他頭上亂抓了一把。

『昌浩！』

在昌浩叫出他們的名字之前，紅蓮完全不知道是窮奇的利牙快，還是自己的白色火焰快。

昌浩安心地喘口氣後，猛然抬起了頭，被白色火焰裹住的窮奇拚命扭動身子吼叫著，聲音大到震耳欲聾，當它拍振翅膀把火甩開時，從眼睛射出了看不見的強烈妖力，抱著昌浩的紅蓮和六合趕緊跳往其他地方，他們剛才所站的地方凹陷下去，大地轟隆隆地震動著，沙土漫天飛揚。

『可惡的傢伙！』

昌浩掙脫直咂舌的紅蓮的手，用自己的腳踩穩地面。詛咒和刀傷的痛楚同時襲來，他唔地呻吟了一下，立刻咬緊牙關，裝出沒事的樣子，用勉強能動的右手使勁抓住傷口。

『動啊！』

——現在就好，求求你動啊！

他利用痛楚強行喚醒神經，麻痺的左手才稍微恢復了知覺。

『昌浩，不要硬來！』

昌浩不管臉色大變的紅蓮，逕自打出了手印。

『嗡巴撒拉庫達・嗚咕霍庫嗚達渾哈塔！』

昌浩的法術爆開來，粉碎了窮奇釋放的妖力。大妖魔全身出現撕裂傷，皮開肉綻，噴出鮮血，恐怖的慘叫聲撼動了地面。

它閃爍著銀白色眼睛，張開翅膀，颳起龍捲風，咆哮著：

『可惡，你這個該死的方士！』

深紅色的閃電擊向紅蓮和昌浩，紅蓮立刻護著昌浩，就在閃電的利刃快刺進他背部時，深色的長布條翻騰了起來。

『六合！』

六合輕輕鬆鬆揮開閃電，築起看不見的防護牆，降落在紅蓮他們面前。他邊將布條披回肩上，邊瞇起眼睛說：『我不太擅長作戰。』

『虧你說得出口！』紅蓮站起來駁斥六合，六合對他聳了聳肩。

窮奇全身啪噠啪噠滴著血，爪子在地上狂抓。

『可惡！』

大妖魔舉起前腳往地面一拍，大地裂開來，一直龜裂到六合他們腳下，從地底噴出了強烈的瘴氣，像銳利的刀刃般翻弄他們，把他們割得遍體鱗傷，昌浩還被龍捲風捲到半空中，動彈不得。這時，拍振翅膀的聲音震動耳朵，昌浩屏住了氣。窮奇先衝上天空，再露出尖牙對準昌浩的喉嚨俯衝而下。

『昌浩！』紅蓮和六合同聲大叫。

他們兩人都沒辦法飛上天，只有風之神將才辦得到。而且他們的身軀也被瘴氣緊緊纏住，到處都是撕裂傷，全身都被血染紅了。

昌浩猛地舉起右手腕遮擋，閉上了眼睛。

彰子——！

小怪的陰陽講座

⑧飛香舍是皇帝後宮內，供中宮、女御居住的五座宮殿之一。由於飛香舍前庭種著藤樹，所以又有『藤壺』之稱。

⑨《山海經》原文如下（見〈西山經〉、〈西次三經〉，土螻）：『崑崙之丘，有獸焉，其狀如羊而四角，名曰土螻，是食人。』

⑩四神相應是指東青龍、西白虎、南朱雀、北玄武。巨椋池在平安京南方，位於朱雀之地。

⑪唐衣即和服最外面一層短上衣。

⑫禁色是天皇和皇族專屬的顏色。

13

藤原彰子彷彿聽見有人叫她，抬起了頭。但是，對屋外不像有人來訪。

『我差不多該休息了。』

應該快子時了，明天要早起，梳妝打扮準備入宮。在這間對屋過夜，今天是最後一天了……看著角落裡掛著的明天要穿的衣服，彰子瞇起了眼睛。

像要斬斷眷戀似地，她甩了甩頭站起來，走到了廂房。看到放在東側的蒲團，她惆悵地笑了笑。然後，在袖子裡摸索了一下，拿出綁著長繩子的香包，下定決心只帶走這個。

右手上的傷痕隱隱作痛，彰子眨了眨眼睛。

突然，兩個影子出現在她眼前。

一個是個子比彰子矮、留著漆黑短髮的少年；另一個是看起來比她年長，外貌縹緲虛幻的美少女。少女的長髮是透明的金色，高高挽起來，佩戴著許許多多的髮飾。少女默默地坐在彰子面前，將戴滿無數腕飾的雙手貼在地上，向彰子行了個禮，說：

『初次見面，妳好，我是安倍晴明的手下，十二神將中的天一。』

接著，少年也在少女身旁單腳跪了下來。他的耳朵戴著黑光閃閃的玉石耳環，脖子上也戴著同樣的玉石項鍊，身上穿著類似古人的衣服。

『我是十二神將中的玄武。』是小孩子特有的高亢聲音。

彰子訝異得說不出話來，天一用銀鈴般的美麗聲音對她說：

『為了救我們主人的小孫子昌浩，我們想請彰子小姐助一臂之力。』

『昌浩現在正在異世界跟窮奇展開生死鬥。』玄武補充說明。

天一接著說：『我們必須打開連接那個世界的通路，所以想借用小姐身上的神具。』

彰子吞了吞口水。原來昌浩正在和窮奇大戰啊。可是他們說的神具是什麼呢？是不是晴明給她的那條念珠呢？

玄武搖了搖頭，說：『不是的，小姐，是那個香包。』

『咦？』

玄武站起來，走到彰子面前。『那個香包殘留著昌浩的靈力，為了連接不同的空間，必須以他的靈力作為媒介。』

『請答應我們的請求。』天一又趴了下來，金色長髮撒落一地。

彰子戰戰兢兢地遞出了香包，玄武用比她的手還小的手指接過香包後，轉過身向天

一點了點頭。天一抬起頭來，露出了沉穩的微笑。

『再見了……』

兩人的身影跟出現時一樣，忽然消失了。

彰子一個深呼吸後，在原地癱坐了下來。

——昌浩正在跟異邦的妖魔大戰。

她雙掌合十貼放在額頭上，為他祈禱。

『神啊，請讓他平安回來……』

『彰子，可以跟妳談談嗎？』

對屋外傳來說話的聲音，彰子猛地抬起頭來，是父親。

他沒等彰子回答就拉開木門進來了。彰子看到跟在他後面的人，訝異地張大了眼睛。

『您……』

兩人走進廂房，在彰子身旁坐了下來。藤原道長看著滿臉驚訝的她，下定決心似地開口說：『我有很重要的事告訴妳，妳要仔細聽。』

彰子不由得看看另一個老人的臉。老人佈滿皺紋的眼角舒展開來，默默點了點頭。

昌浩的肩膀上下顫動，激烈地喘著氣。喉嚨發出咻咻的聲音，用來遮擋的右手腕啪噠啪噠滴下了鮮血，銳利的牙齒深深嵌進了他的手腕中。

窮奇咬著昌浩的手腕，摔落地面，把昌浩當成了墊背，再用前腳踐踏他受傷的左肩頭，慢慢加重力量拖延他的痛楚。

痛入骨髓的呻吟卡在喉嚨深處，逼得昌浩把頭往後仰。窮奇的妖氣像波浪般擴散開來，在體內狂亂奔竄的詛咒侵蝕著昌浩，把他最後的一點力氣也耗盡了。

『昌浩！』

『你們敢動，我就殺了他！』窮奇雙眼閃爍兇光，向紅蓮和六合放話。『我會咬下他的手腕、扯下他的肩膀，用詛咒將他的五臟六腑千刀萬剮，讓他痛到求我乾脆殺了他！』

窮奇的眼睛帶著殘忍的神色，對呆呆站著的兩人放出妖氣的利刃，把他們囚禁在瘴氣的牢籠裡，封鎖了他們的行動。

紅蓮和六合可以輕易破壞這樣的牢籠，但是那麼做會害昌浩被凌虐到死。不，即使他們不那麼做，窮奇也會殺了昌浩。他拿昌浩當擋箭牌，只是想看到紅蓮他們痛苦的樣子。

痛苦得直喘氣的昌浩，突然揚起了嘴角。窮奇狐疑起來，不解地皺起了眉頭問：

『你笑什麼？』總不會是痛到瘋了吧？

昌浩沒有回答，用沙啞的聲音開始在嘴巴裡唸唸有詞。

紅蓮在瘴氣的牢籠裡，看著這樣的情景，六合悄悄對他使了個眼色。

『那小子……』紅蓮只這麼嘟囔了一下，便瞇起了眼睛。

——我要打倒窮奇，不為別人，就是為了她。我要她活著，幸福地活著，不要她受到任何威脅，不要她遭受椎心之痛，所以……

窮奇突然瞪大了眼睛，因為從昌浩被咬住的手腕迸出了大量神氣，團團纏住了它全身。當力量不斷增強，無止無盡地擴散開來時，昌浩的吟誦聲音也變得清晰，震天價響。

『……請縛住這惡靈，若不賜予束縛之力，乃不動明王之過……！』

窮奇受不了煎熬，張開嘴巴，放掉了昌浩的手腕。從裂開的袖子，可以看到昌浩手腕上纏繞著好幾層符咒，雖然被他的鮮血染紅了，但還是保有原來的效力。

他一開始就打算這麼做了，因為被詛咒侵蝕的自己，已經失去徹底打倒窮奇的力量，因此他使出了這樣的苦肉計。

他把高龗神的加護封入符咒中，施加了幾十層法術以瞞過窮奇，然後用自己當誘餌，製造與窮奇直接接觸的機會。

『哇啊啊啊——！』

被縛魔術徹底綁住的窮奇，掙扎著瞥了昌浩一眼。燃燒著憎恨火焰的銀白色眼睛盯住了昌浩的脖子。但是，昌浩已經完全動彈不得了。

『臭小子！』

窮奇伸出不聽使喚的前腳，企圖用爪子割斷昌浩的喉嚨。

囚禁紅蓮和六合的瘴氣牢籠從內側被粉碎瓦解了，紅蓮的火焰和六合的長槍同時射了出來，但是，窮奇雖然受到縛魔術攻擊，妖力還是存在。

它撥開了火焰和長槍，發出震耳欲聾的咆哮聲。

啪的一聲，暗紅色的天空裂開了。空間扭曲，大地不自然地隆起，不斷坍方陷落。

窮奇似乎是想毀掉自己做出來的異世界，拉著昌浩他們陪葬。

它釋放出全身力量，封鎖了紅蓮與六合的行動，用驚人的重力壓住他們，壓得他們跪下來的膝蓋應聲嵌入了地面。

昌浩閃開攻擊，脖子上留下了刀尖般銳利的爪子觸感。

他覺得左肩麻痺，勉強還可以動的右手腕也因為受了傷而使不上力。而且就算使得上力，也已經……這時，他似乎聞到了摻雜在血腥味中的伽羅香。

『……！』

就在他反射性地張開眼睛那一剎那，有東西飛了過來，刺進了團團裹住昌浩的窮奇的左眼。瞬間，刺眼的閃光炸開來。

『——！』大妖魔發出垂死掙扎的慘叫聲。

窮奇的四肢僵硬，拚命搖晃著脖子，每動一下就噴出血來，叫得更慘烈了。

昌浩茫然看著這樣的情景，心想，刺進窮奇眼裡的東西究竟是……

『是安倍晴明鑄造的降魔劍！』銳利的嘶吼聲破風傳來。

昌浩往聲音的方向望去，正好接觸到青龍不悅的眼神，他高舉著右手，一副剛扔出了什麼東西的姿態。

『青龍……』

還來不及問為什麼，青龍精悍的臉上已經浮現出嚴厲的神色，說：『你還等什麼！』

他冰冷的視線和冷漠的語氣，刺激了昌浩的思維。昌浩擠出最後的力量，奮力跳了起來，雙手拔起了插在窮奇臉上的降魔劍。窮奇發出震天價響的哀號，鮮血迸出飛濺。

昌浩腦裡閃過晴明年輕時的模樣。那把劍的劍柄上裝飾著咒文圖案，雙刃之間刻著一般人看不到的神咒，是將驅魔咒文直接封入鋼中的一把劍。

原本沉甸甸的身體突然變輕了，昌浩想可能是錯覺，但是，就算是錯覺也無所謂。

窮奇的前腳橫掃了過來，爪子劃過昌浩的肚子，被剜起來的肉和鮮血四處飛濺。踉蹌搖晃的昌浩拚命踩穩了腳步，他感覺到從握著的劍柄傳來驚人的靈力。

『昌浩！』

紅蓮使出力量甩開窮奇的束縛，召喚白火焰龍。這時，他腦中閃過一個莊嚴的聲音。

──有什麼事就叫我。

『窮奇！』

昌浩發出怒吼，同時用盡全身力量舉起劍來，刺進了大妖魔眉間。窮奇的慘叫聲驚天駭地，妖氣衝向了昌浩，但是他沒有鬆手。因衝擊而受傷的五臟六腑哀號著，一股血腥味湧上喉頭，四肢疼痛得像要被支解了。

昌浩吐著血，用著祈求般的心情，集中全副精神大喊：

『雷電神敕，急急如律令！』

原本，席捲整個暗紅色天空的是釋放出污穢光芒的深紅色閃電，但是被昌浩召來的卻是如白刃般純白的神聖雷電，伴隨轟隆隆的聲響瞄準了降魔劍而下，刺穿了大妖魔。

接著，紅蓮放出來的白火焰龍襲向了已經僵直如雕像般的窮奇。

狂烈的爆風炸開了窮奇的身軀，昌浩也被波濤洶湧如激流般的衝擊彈飛了出去，在愈來愈模糊的意識一角，響起了他應該沒聽過的話。

『信不信由你，不過，我想我的判斷應該不會錯……』

風吹拂著臉頰，昌浩感到幾分寒意，緩緩張開了眼睛。

天空的一方還是黑夜，另一方卻已經泛白，映射出橙色光芒。

『昌浩，你醒了？』

昌浩恍惚地眨了眨眼睛，揚起眼眸，看到正望著自己的夕陽色眼睛。

『小怪……』

『會叫小怪了啊，我還真怕你再也醒不來了呢。』

昌浩動動身子，一股劇烈的疼痛在體內流竄，全身到處都疼痛不已。

看到蓋在脖子上的長布條，他馬上知道是怎麼回事，緩緩游移視線。

六合和天一就坐在附近，玄武把頭放在六合膝上閉目養神，青龍站在離大家稍遠的地方，還是一樣雙手環抱胸前，眺望著某個地方，但是似乎知道昌浩醒來了。昌浩將視線投向他，他也瞥了昌浩一眼，就皺皺眉頭，忽然消失了。

昌浩微微瞇起了眼睛，他知道青龍八成只是受晴明之命而來，但他還是很感謝青龍帶降魔劍來，幫他射向了窮奇。

天一伸出纖細的手指，放在昌浩左肩上。

『我先幫你治療比較嚴重的地方。』

溫暖的力量從傷口流遍全身，昌浩輕輕閉上眼，嘆口氣說：『啊……我還活著呢。』

『當然啦！』

小怪說得有些憤慨，昌浩回給他一個難以言喻的苦笑。

老實說，他真的沒想到自己能活著回來。被黑影拖進去時，他就有所覺悟了。

在水鏡另一側的世界殲滅窮奇，世界很可能會崩塌；沒有了窮奇，就打不開連接異世界與人間的路，所以他以為自己再也回不來了。

是天一回答了他的疑問。

『我們向彰子借了一個東西做媒介。』天一說著，伸出了手，手上有個綁著線的香包。『我們就是用這個，把受命將降魔劍帶去給你的青龍送到了水鏡的另一面。』

然後，再利用這個香包，把所有人送回了這個世界。

昌浩瞇起眼睛，接過香包，捏在手掌心裡。這個除魔驅邪的香包——彰子的心，一次又一次救了他。儘管全身傷痕累累，有好幾次快要掉入死亡的深淵，他還是活著回來了。

『你跟她約定好了啊，不是嗎？』小怪說。
昌浩點點頭，他曾經說過會永遠、永遠保護彰子。
他爬了起來，覺得颼颼吹著的風有點冷，這才發現自己是躺在巨椋池畔，難怪六合把自己的神布借給了他。六合很快伸出手來，抽回了布條，昌浩誠懇地說了聲謝謝。
水池的水位微微下降了，四處散落著大妖魔的殘骸。
窮奇的屍首四散，跟自己製造出來的異世界一起消失了。跟隨它的妖怪們也全軍覆沒，所以異邦的妖影已經從這個國家消失了。
昌浩把手放在胸前，發現強烈折磨他的詛咒的疼痛，已經煙消雲散了。大概是因為消滅了窮奇吧，彰子被下的詛咒也從此被徹底破解了。
呼嘯而過的風中，夾雜著嘎啦嘎啦的車輪聲。昌浩回過頭，看到車之輔一直線衝著他來了，儘管快黎明了，它還按規矩點著鬼火。
昌浩瞇著眼，低下頭對小怪說：『回家吧。』
小怪用後腳站起來，拍拍昌浩腰際，然後跳上他的肩膀，用前腳在他頭上胡亂抓了一把說：『辛苦你了。』
昌浩把手放在小怪背上，什麼都沒說，只點了點頭。

14

一到巳時，便有很多牛車從東三条府出來了。

左大臣家的大小姐藤原彰子要嫁入後宮了。牛車載滿了許許多多為這一天準備的日常用品、衣服、篩選出來的侍女，浩浩蕩蕩地往皇宮去了。

道路兩旁擠滿了看熱鬧的人，每個人都看得驚嘆連連，低聲交談著，從今以後內覽大人藤原道長將會更榮華富貴。

稍微離開人群的某棟房子陰影處，佇立著兩個人影。那是全身沾滿血和泥巴、狩衣已經破破爛爛的昌浩，和軀體像隻大貓的白色怪物。一般人看不到怪物的身影，所以旁人只看到一個全身髒兮兮的小孩，站在房子陰影處看著牛車的行列。

因為離得很遠，所以沒有人趕他走。其實，他身旁還有三個隱形的神將，但是一般人當然看不見。

昌浩把手靠在牆上，看著牛車的行列。突然響起了更大的歡呼聲，昌浩整個人傻住了，他看到行列中裝飾得特別豪華的牛車正緩緩前進，旁邊跟隨著許多衛士，由最好的牛拉著，從車後方的竹簾下露出了豔麗的衣服，正是所謂的『出車』⑬。有人得意洋洋地說明，那就是入宮的大小姐搭乘的牛車。昌浩有意無意地聽到這樣的話，覺得一陣暈眩。

——幾個月前，他第一次遇到了她。行元服禮之前，他先去東三条府拜訪致意，就在那時候，小他一歲的大小姐主動跟他說了話。

第二次見到她，是寢宮發生火災那天，異邦的妖怪第一次對她發動了攻擊。他察覺後立刻趕到了她家，她板著臉正經八百地對他說：『我叫彰子，不要再叫我小姐了。』

她當時送給他的香包，不知道救了他多少次。

他們也吵過架，很幼稚可笑的架，總是被小怪潑冷水，摻雜著害羞和喜悅的心情，其他還有……啊，真的發生過很多事呢……

注視著出車的小怪，突然發現有東西啪地掉下來，它抬起頭。

『……』

但是，它很快又把視線轉向了牛車，假裝什麼也沒看到。

是昌浩哭了，他緊緊握著的拳頭顫抖著，低下頭來，壓抑著聲音，也沒有擦拭從臉頰滑落下來的淚水，就那樣哭著。

只要星象沒有異動，與生俱來的天命就不會改變，而彰子的天命就是成為天子之妻。這是莫可奈何、莫可奈何的事啊。它只能祝她幸福，永遠、永遠在心底深處祝福她。

所以，再見了——

不久後，目送牛車的行列離去的人們陸續散去。

昌浩雙眼通紅，用手背拭去了臉上的淚水，抱起了小怪。

『小怪，回家吧。』

『哦。』

昌浩無精打采地往家裡走，途中繞到一条戻橋下。

『我先去洗把臉。』

『也好。』

昌浩掬起堀川的水啪啪洗著臉，順便把頭浸到水裡，再用力甩甩頭，使勁用衣袖擦擦臉，把頭髮隨手紮起來，喘了口氣。

他想起爺爺說過，奶奶還活著時，他都是把式神藏在這座橋下。那個晴明竟然會因為妻子害怕就這麼做，可見他們的感情很不錯，昌浩想改天應該找個機會問問小怪。

回到家後，母親露樹看到昌浩一副狼狽的樣子，驚慌得說不出話來。

『昌浩，你這樣子……』

『沒什麼啦，只是修行，哦，不，應該說是試煉……哎，該怎麼說呢？總之，我去換衣服了。』

搞成這副德行，也難怪會把母親嚇壞，昌浩抓抓頭，跟小怪回到了自己的房間。看到矮桌上停著一隻白色的鳥，昌浩慘叫了起來：『是爺爺的式符！』

他慌忙四下張望，只剩下式符了，房裡除了小怪外，其他神將都回到晴明身旁了。昌浩回來了，所以式符化成了一張紙。他猛地抓起來看，上面洋洋灑灑寫滿了字，看著看著，他的肩膀不禁顫抖了起來。小怪用難以言喻的表情看著昌浩。

——喂、喂，晴明，你可愛的孫子哭得筋疲力盡，紅著眼睛回來，你竟然這樣對待他，你也太過分了……

『呵……呵呵呵……呵呵呵呵……！』忍到極限的昌浩發出不知是哭還是笑的聲音，低頭看看小怪，把那張紙塞給了它，一臉『我就說嘛』的表情。

乖乖看著信的小怪，臉色也愈來愈嚴肅了，信上說：

『枉費爺爺叫青龍把爺爺很久很久以前鑄造的降魔劍帶去給你，你卻把它弄丟了。啊，怎麼會這樣呢？那是皇上下令鑄造的劍之一啊！昌浩，爺爺覺得好悲哀、好傷心、

好難過。你這樣子，我怎麼放心把重要的客人託付給你呢？啊，你真的、真的需要修行呢！　BY晴明。』

昌浩確定小怪從頭到尾看完了，立刻像平常一樣，把紙片揉成了一團。

『啊啊啊啊嗯喔喔喔喔喔！』他找不到地方發洩心中澎湃洶湧的各種情感，只能深深吸一口氣，高高舉起手來邊搖晃邊鬼吼鬼叫。『你給我等著瞧，臭老頭！』

『喂！』一個不高興的聲音從上面傳來。

昌浩高舉著手，整個人僵住了。

不知何時溜到他背後的青龍，雙手環抱胸前，斜斜站著，斜眼看著昌浩。

『晴明叫你。』

『哦，知道了。』

青龍眉頭微微一蹙，忽然消失了。

昌浩的氣勢被削減了大半，默默把紙丟到一邊，很快換好衣服，心不甘情不願地往晴明房間走去。小怪走在心情惡劣到極點的昌浩旁邊，突然心生疑問：

『重要的客人……？』

『爺爺，您找我嗎？』

垂著頭、滿臉不悅地來到晴明房間的昌浩，用眼角餘光瞄到了女生的衣服，於是抬起頭來，看著那個轉過頭來的女生，頓時啞口無言。

晴明則是眉開眼笑地看著全身僵硬的昌浩，悠悠地說：

『你回來了啊，昌浩，這位是從今天起要借住在我們家的某家小姐。』

『咦？……』

『好可憐哦，她被妖魔下了一輩子都不會消失的詛咒，必須有陰陽師隨時陪在她身旁，所以選擇了我們家來保護她。』

晴明滔滔不絕地說著，但是昌浩和小怪都沒聽進去。晴明不管他們，繼續說他的。

『就是這麼回事啦！可是我是個大忙人啊，所以囉，儘管你還是個半吊子、還不可靠，叫人一百個、甚至一千萬個不放心，畢竟也是見習中的陰陽師，就託付給你啦！』

然後，他假惺惺地說，那麼我還有事先走了，就優閒地離開了房間。臨走時，還順手抓起愣在昌浩腳邊的小怪的脖子，不管三七二十一硬是把它拖走了。

藤原彰子面向依然呆呆站著的昌浩，微笑著低下了頭。

晴明特地走到離自己房間最遠的房間走廊，一屁股坐了下來。小怪銜著晴明問：

『到底怎麼回事？你給我說清楚！』

大陰陽師晴明臉上浮現出淡淡的微笑。

『沒什麼……只是星星動了。』

藤原彰子的星宿改變了。她原本是成為天子之妻、成為母親、成為祖母的星星，但是，曾幾何時偏了一根針的幅度，造成了改變命運的移動。

兩個月前，晴明觀星時看出了這樣的星象，將實情稟報給了藤原道長。

藤原道長確實會有女兒入宮，嫁給當今皇上，但那不能是彰子，彰子的身軀已經受到污染，沒有資格主持祭祀了，而且她的星宿已經被扭曲，不再有成為皇后的命運了。如果硬要她入宮，星星會產生偏斜，皇上的血脈會遭到詛咒，這個國家也會遭逢災難。

聽到晴明這麼說，藤原道長心慌意亂，因為彰子入宮的事已經對外發表，現在他既不能更改、也不想更改。幾經思量後，他想出了掉換女兒的辦法。

除了正妻生的孩子外，他還有好幾個愛人所生的孩子。在一夫多妻的這個時代，這種事並不稀奇。其中，正好有跟彰子同年的女兒，名叫章子，讀音一樣，而且，她跟彰子雖是同父異母，卻長得很像藤原道長的母親。

只要有女兒入宮就行了，一樣是有攝關家的血統。

下定決心後，藤原道長與晴明巧妙安排好了整個掉換過程，只有他跟晴明知道這件事，連親生母親倫子和隨身侍女空木都被蒙在鼓裡。

『到了後宮，就一直待在竹簾後面了。皇上和後宮的人都沒見過彰子，即使有人見過，也沒那麼容易認出來。』晴明用扇子摀著嘴，呵呵笑了起來。

小怪啞口無言，將滿腦子跳躍的種種思緒匯成了一句話：『你這隻老狐狸……』

『你以為我是誰啊？』晴明奸笑著回應，打開扇子敲了敲小怪的頭。『怎麼？紅蓮，你以為我那麼沒血沒淚，看到昌浩哭成那樣會毫不在乎嗎？你太好騙啦！』

『啊……啊……說得也是。可惡，我被騙了！』

晴明抓抓滿腔憤慨的小怪的頭，眼角笑出了更深的皺紋。

——昌浩可能陷入了苦戰中，幫我把降魔劍送去給他。

青龍沒有回應晴明的命令，像平常一樣臭著一張臉，但是默默拿起劍，跟天一和玄武一起消失了。

是昌浩的力量改變了青龍那麼頑固的心。是昌浩的運氣扭轉了彰子的命運，而不是晴明。是昌浩強烈的運氣，把神捲了進來，在不覺中也扭轉了人的命運。

如果藤原道長還是堅持要讓彰子入宮，晴明大概也會聽從他的命令。做決定的人是藤原道長，而讓他這麼做的，也是昌浩的力量。

剛才晴明說的『一輩子都不會消失的詛咒』，也不是謊言。彰子手上還殘留著被鳥妖鶚所傷的傷痕，有一股瘴氣在她體內生了根。要是沒有陰陽師隨時陪在她身旁，那股瘴氣恐怕會召來妖怪。

所以，藤原道長把彰子託付給了安倍晴明，他相信把彰子放在曠古稀世的大陰陽師身旁，就不用擔心了。他們偽造彰子的身分，讓她成為安倍家親戚的女兒，與左大臣家完全脫離了關係。

藤原道長選擇了欺騙世人、欺騙皇上，恐怕得撒謊瞞騙一輩子的人生。既是為了自己的仕途騰達，也是為了心愛的女兒。

昨晚，晴明瞞著所有人，把剛知道實情的彰子帶回了安倍家，而替代她的章子被帶進了東三条府，剛才已經接到通報說她順利入宮了。

晴明和道長將一輩子把這個秘密埋藏在心底，如果欺騙皇上的事傳了出來，藤原家和安倍家都會被滿門抄斬。

『紅蓮……』

『幹嘛？』小怪沒好氣地吼回去。

晴明用沉穩的語氣拜託它說：『麻煩你去昌浩那裡，把我剛才說的話告訴他。他現在應該是搞不清楚狀況，腦中一片混亂。』

果然如晴明所說，待在晴明房間裡的昌浩正面臨人生最大的混亂，慌得手足無措。原本開心地看著這樣的他的彰子，突然偏著頭問他：『昌浩，你的頭髮怎麼弄濕了？』

『咦？啊，沒什麼……哈啾！』

彰子看著打了個大噴嚏拚命吸著鼻子的昌浩，更張大了眼睛說：

『你的眼睛好紅哦，到底怎麼了？』

『沒什麼，有東西跑進了眼睛裡……』昌浩不可能說實話，拚命找別的話題，片刻後才用似笑非笑的表情看著彰子說：『明年夏天……』

彰子屏住氣息，濕潤著眼睛點點頭。昌浩看到她眼角有閃閃發亮的東西，伸出手來幫她拭去了。

『我們去貴船看螢火蟲吧。雖然很遠也沒關係，請車之輔載我們去，很快就到了。』

看昌浩一副怕她不去的樣子，彰子點了點頭說：『嗯，說好了喲！』

昌浩勾住她伸出來的小指說：『嗯，一定。』

他覺得眼角熱熱的，一股暖流從心底溢了出來。

兩人用濕潤搖曳的眼眸，看著彼此可以不隔著竹簾、直接面對面的臉龐，額頭咚地貼在一起，開心地笑了起來。

從木門後看著他們的小怪，想讓他們多獨處一會兒，靠在柱子上等著。

天就快黑了。

明年夏天，貴船的螢火蟲一定很漂亮吧！

小怪悠哉地想著這些事，瞇起了夕陽般的眼睛。

小怪的陰陽講座

⑬出車：隨行侍女將袖子或裙襬從竹簾露出來的牛車。

後記

我說我想把『轍』讀成『WADACHI』，很多人都表示贊同，謝謝。但是我還有敵人，那就是『重複』（ZYUHUKU、CHOUHUKU）、『憧憬』（SHOUKEI、DOUKEI）』、『世論』（YORON、SERON）。

我的日文真是深不可測啊……

好久不見了，大家好。各位近來過得如何啊？我是結城光流。

上一集，我說最受歡迎的是小怪，結果昌浩迷發出了怒濤般的Fun call！但是，給小怪（包括紅蓮）的Love call也不輸給昌浩，還是保持第一名。最令人意外的是車之輔，託大家的福，它將晉升為準正式人物（？）。我本以為會被大家討厭的青龍，也有一部分人喜歡他，太好了，太好了。

這次出盡鋒頭的六合怎麼樣呢？我個人是ＫＯ敗給了あさぎ老師所畫的六合，而且是敗得一蹋糊塗，被『重要人物介紹』和『強行帶走小怪』的六合徹底打敗了！あさぎ

老師畫的插畫總是把我打趴在地上，唔！

三月初，我跟朋友去愛爾蘭和英國旅行了一個禮拜。我發現這趟旅程幾乎跟第二集的截稿日撞期，是在剛過完年的時候。

N崎設定的截稿日是二月底，也就是二月二十八日之前。我想只要在三月一日早上交到N崎手上就行了，應該會有辦法——不，一定會有辦法。

神啊，一定要讓我趕上——我不由得求起神來，結果旅行達人T很開朗地這麼說了。

T：『我告訴你，三月跟二月相比，絕對是二月出發的票比較便宜。』

光：『啊，沒錯。』

T：『所以考慮到體力，前一天就住進旅館絕對是最好的選擇。』

光：『沒錯，搭三個小時的電車後，立刻搭十一個小時的飛機會很累……』

T：『嗯，所以為了在二十八號早上出發，最好是二十七號約在旅館。』

光：『你這麼說，好像是要我無論如何，都必須在二十七號前拚死拚活把稿子趕出來呢……』

T：『嗯，我正是這個意思（展露笑容）……』

朋友啊……喔，朋友啊……（泣）

而且，二十六日還有個一生一世的大活動。我敢保證，錯過這次機會，我會後悔一輩子，但是安排進度的S淡淡地向我宣布說：

『如果你能在二十五號前交出所有稿子就去，如果不能就不准去。』

就這樣，所有事都糾結在一起，愈來愈短的截稿日開始倒數計時了。

但是，如果眼前吊著一根紅蘿蔔，馬就會踢開所有障礙往前衝！就算不可能，我也會讓這件事變成可能！等著瞧吧，神，最後大笑的將會是我！

當時的我，就好像緊緊抓住了奇蹟的尾巴，硬把它拉到了手上。

就這樣，二月快結束那幾天，我過著波濤洶湧的日子……

愛爾蘭和英國之旅非常愉快，我跟T還計畫寫遊記呢！我還想再去，尤其是愛爾蘭，那裡是心的故鄉（笑）。有石砌建築、柔和的綠色丘陵、一望無垠的高空，而且風很強。對，風……

幾天後，我向責任編輯N崎說起這些事，把他笑得要死。N崎，謝謝你經常給我正確的指正和建議，我們改天再去那家紅茶店吧！

あさぎ櫻老師，你這次也幫我畫了很棒的封面和插畫，我真不知道怎麼樣才能表達

出我這份喜悅，今後也拜託你了。

還有支持我的讀者們，我很努力寄出Fun letter的回函，但是快要撐不下去了。所以，我會向前輩們好好學習。

只要在信中附上貼了八十日圓郵票的信封，就可以收到結城愉快的日常閒聊刊物，有興趣的人請務必來信索取。

當然也歡迎大家上官方網站來發表意見或寫mail，任何讀者的聲音都是我最大的活力來源，所以，請將你們的感想告訴我。

那麼，下一集再見了！

結城光流

少年陰陽師 肆

災禍之鎖

【2007年8月出版】

在與異邦大妖怪窮奇的決戰之後，昌浩重回當個菜鳥陰陽師的日子，沒想到努力修練的他，卻被同為陰陽生的敏次當作眼中釘，吃盡了苦頭！此時，一向疼愛昌浩的藤原行成大人突然被怨靈糾纏，命在旦夕，大陰陽師晴明的占卜中更出現了不祥的徵兆！昌浩深入追查，發現怨靈的背後，原來有一個神秘的術士在操弄著這一切⋯⋯

國家圖書館出版品預行編目資料

少年陰陽師.叁.鏡子的牢籠 / 結城光流著；
涂愫芸譯. -- 初版.-- 臺北市：皇冠,2007(民96)
面;公分.--(皇冠叢書；第3629種)(少年陰陽師；
03)
譯自：少年陰陽師 鏡の檻をつき破れ
ISBN 978-957-33-2314-3(平裝)

861.57 96004178

皇冠叢書第3629種

少年陰陽師 03

少年陰陽師——
鏡子的牢籠

少年陰陽師
鏡の檻をつき破れ

作　　者—結城光流
譯　　者—涂愫芸
發 行 人—平雲
出版發行—皇冠文化出版有限公司
台北市敦化北路120巷50號
電話◎02-27168888
郵撥帳號◎15261516號
皇冠出版社(香港)有限公司
香港上環文咸東街50號寶恒商業中心
23樓2301-3室
電話◎2529-1778　傳真◎2527-0904
出版統籌—盧春旭
責任編輯—丁慧瑋
美術設計—王瓊瑤
印　　務—林佳燕
校　　對—鮑秀珍・余可喬・丁慧緯
著作完成日期—2002年
初版一刷日期—2007年4月
初版十三日期—2012年7月
法律顧問—王惠光律師

讀者服務傳真專線◎02-27150507
電腦編號◎501003
ISBN◎978-957-33-2314-3
Printed in Taiwan
本書特價◎新台幣199元/港幣67元